O. V. DE L. MILOSZ

LES ARCANES

COLLECTION DES FLORILÈGES

LIBRAIRIE TEILLON
83, rue des Saints-Pères
P A R I S

à Monsieur Ernest Charles
en le priant de vouloir bien
agréer ici une expression
de mes sentiments les
plus admiratifs et les
plus dévoués O. V. de L. Milosz

Le Poème des Arcanes

Ce qu'ils disent aussi de mes raisons, que « plusieurs les ont « lues sans en être persuadés », peut aisément être réfuté, parce qu'il y en a quelques autres qui les ont comprises et en ont été satisfaits ; car on doit plus croire à un seul qui dit, sans intention de mentir, qu'il a vu ou compris quelque chose, qu'on ne doit faire à mille autres qui la nient pour cela seul qu'ils ne l'ont pu voir ou comprendre : ainsi qu'en la découverte des antipodes on a plutôt cru au rapport de quelques matelots qui ont fait le tour de la terre qu'à des milliers de philosophes qui n'ont pas cru qu'elle fût ronde. Et pour ce qu'ils allèguent ici les Eléments d'Euclide, comme s'ils étaient faciles à tout le monde, je les prie de considérer qu'entre ceux qu'on estime les plus savants en la philosophie de l'école il n'y en a pas de cent un qui les entende, et qu'il n'y en a pas un de dix mille qui entende toutes les démonstrations d'Apollonius ou Archimède, bien qu'elles soient aussi évidentes et aussi certaines que celles d'Euclide.

(Lettre de M. Descartes à M. Clerselier).

Le Poème des Arcanes

1. — Comme la montagne m'emportait dans son vol, tout à coup je vis s'ouvrir devant moi *sur l'autre espace* la porte d'or de la Mémoire, l'issue du labyrinthe.

2. — Ce fut là l'origine de la doctrine que j'ai exposée dans le Testament ARS MAGNA, narration fidèle et pieuse des événements qui m'ont conduit, deux ans plus tard, dans l'été de l'année mil neuf cent seize, à la découverte et à la démonstration de la loi spirituelle et physique de la relativité universelle.

3. — J'entre dans la douzième année de la suprême connaissance.

4. — Néanmoins, j'humilierai devant toi dans la poussière ce front qui a reçu la couronne.

5. — Je l'humilierai devant toi, mon fils Hiram, Roi du monde unifié, Architecte de l'Eglise Catholique effective de demain, cette régente universelle de la foi, de la science et de l'art.

6. — Car si la vérité qui parle ici m'avait été révélée par une créature comme elle te sera dévoilée par l'organe de la créature que je suis, très certainement je ne l'eusse pas reconnue.

***

7. — A la source de l'antique souffrance se trouvent les conceptions physiques erronées, visions cosmiques de châtiment.

8. — L'essence de la pensée étant sensation, c'est-à-dire constatation et amour du mouvement, toute psychologie non fondée sur l'analyse du concept physique du monde tôt ou tard se dissipe avec les autres mirages de l'imagination.

9. — Le langage de la vie est sans apprêt. Nue est la parole de la mort. La beauté du monde, notre mère, a un même regard pour le berceau et pour la tombe. Cependant son visage nous inspire une sainte confiance.

10. — A cause que nous sentons très distinctement au fond de nous-mêmes que toutes nos innombrables interrogations, à l'exception d'une seule, sont importunes et frivoles, pleines de curiosité et étrangères à l'amour.

11. — Une seule question nous rend dignes, ô Hiram, de nos grandes douleurs : *Où est l'espace?*

12. — La maladie d'Hamlet, de Faust et de Manfred tirait origine d'une représentation du cosmos défigurée par la prévarication d'Adam.

13. — Dans cette représentation, l'idée de l'espace, identifiée à celle du *contenant*, apparaissait comme un rideau immense de ténèbres suspendu dans une éternité de temps. Dans cette nuit d'épouvante, les mondes de la matière et du mouvement prenaient l'aspect d'inexplicables trouées de vie et de lumière.

14. — C'était là une vision vaine de l'orgueil criminel. La domination universelle de l'homme et sa mémoire des origines s'évanouirent à l'instant même où le Moi, maudit soit-il, suggérait à l'ancêtre un rapprochement monstrueux entre l'idée de l'espace et celle de l'infini.

⁂

15. — La première pensée de l'homme a été une perception totale de son mouvement: une constatation instantanée et un *amour,* une ivresse religieuse du rythme.

16. — Avant d'atteindre le cerveau, satellite du cœur, et d'y devenir reflet, cette pensée avait été le feu subtil, le jet initial, le secret le plus profond, la vie et l'essence même du sang.

17. — Car le sang est contemporain du fiat. Il est la substance magique de l'impulsion spirituelle première, le mouvement spontané, vivant des myriades d'univers.

18. — Le sang est une somme des énergies spirituelles manifestées dans la création, cette immatérielle lumière de la Vision de beauté et d'amour de Dieu.

19. — Le sang est relation première, celle du Voyant à la Chose vue, partant apparence originelle de mouvement, d'espace-temps, de situation, de lieu.

20. — Saisi par le sens visuel intérieur, mnémonique, contemporain de la Vision créatrice de Dieu, le sang revêt l'aspect angélique de l'or qui illumine les profondeurs centrales de la terre.

21. — Car dans la terre, comme dans l'homme, le souvenir des origines sommeille impollué ; et lorsque sera comblée la mesure de la spirituelle prévarication, ce souvenir s'éveillera pour témoigner contre la fausse science.

22. — La première pensée du Roi du monde a donc été une perception intégrale de son mouvement.

23. — Et cette première pensée renfermait une somme des connaissances, car le mouvement est une parfaite simultanéité, une absolue identité et une indivisible unité de l'espace, de la matière et du temps.

***

24. — Prends garde, mon fils, car c'est ici la pierre angulaire, la Pierre espace - temps - mouvement elle-même.

25. — Lorsque l'esprit de pureté et de soumission eut soufflé à Adam nouvellement né de se lever de terre pour bénir la beauté du monde, l'ancêtre *se sentit Univers*.

26. — A cause que la vertu magique du premier mouvement lui ouvrait la notion fondamentale, unique et indivisible, de l'espace-temps-matière.

27. — La pensée de l'ancêtre était donc bien plutôt la pensée de l'univers que celle de l'homme.

28. — Par cette pensée, par cette constatation du mouvement, Adam *situa* son mouvement, son être, par rapport au mouvement, à l'être du soleil, des astres, des objets environnants.

29. — Car ce que nous appelons pensée n'est à son

origine comme aussi plus tard aux divers degrés de son évolution, qu'une constatation et un amour du mouvement, par conséquent une pure détermination de lieu.

30. — La pensée d'Adam, constatation et amour du mouvement, s'appliqua pareillement à situer toute partie minime ou immense du cosmos dans le rapport du mouvement de cette partie au mouvement d'une autre. Dans cette opération fondamentale, le Lieu, l'espace inséparable du temps-mouvement, s'identifiait avec la relation dynamique, et le tout, saisi dans sa simultanéité parfaite, dans son instantanéité absolue, donnait la *matière,* magique substance du monde.

31. — Autrement dit, dans la pensée d'Adam, l'espace descriptible, c'est-à-dire susceptible d'être situé expérimentalement dans la relation numérique des galaxies, des systèmes, des mondes et des mobiles en général, l'espace descriptible formait avec le mouvement-temps un Corps universel unique.

32. — Ce corps cosmique parfait, cet espace total congelé en quelque sorte en une unité de matière placée en dehors de toute relation dynamique, la pensée d'Adam ne le pouvait imaginer autrement que *situé dans le Rien,* dans le Rien d'où sont bannis le vide et le plein, le mouvement et le temps.

33. — Car le concept d'un espace, d'un *vide extérieur,* en associant inévitablement ce vide au domaine matériel déjà existant, c'est-à-dire au plan mobile de la relation, n'eût déterminé qu'une addition de substance, une extension à l'infini du corps universel unique.

34. — La pensée d'Adam savait aussi qu'une illusion d'immobilité, revêtant l'aspect d'une absence de

mouvement d'ensemble de la chose, s'attache à une multitude d'objets pourtant doués, comme les astres leurs pères, d'une pluralité de mouvements; car toute chose est substance cosmique emportée par le torrent du sang universel.

35. — Cette apparence d'immobilité, cette impression du rien dans la chose frappait la pensée d'Adam de respect et de crainte. Et Adam bénissait les arbres et les pierres.

36. — Mais quant à assigner un lieu à l'ensemble du monde; quant à faire la somme de tous ces mouvements situés dans leur seule relation, la pensée d'Adam, étant celle de l'univers, ne s'y arrêtait jamais.

37. — Car l'univers total n'est pas un lieu. Comme dans le temps la veille et le sommeil, ainsi dans l'instantanéité l'ensemble de l'univers n'est qu'un *état* situé dans sa seule opposition spirituelle au *rien,* au *rien* d'où sont bannis le vide et le plein, le mouvement et le temps. Dans l'esprit du Juste, l'espace total, univers non situé, l'espace total, pure vision de beauté et d'amour de Dieu, l'espace total était *absolument étranger à toute intuition de l'infini.* L'espace, étant matière, ne pouvait pas, dans la pensée du Juste, être haussé jusqu'à ce plan archangélique où trône dans l'insubstantielle lumière, l'idée immuable de l'infini.

***

38. — Mon fils, je sors d'un songe absurde et terrifiant.

39. — Je me donnais la chasse à moi-même et ne parvenais pas à me saisir.

40. — Les deux états que j'étais, mon sommeil et ma veille, ma vie et ma mort se poursuivaient et n'arrivaient pas à se joindre, parce qu'il n'y avait pas de *lieu*.

41. — Quand tout à coup, au paroxysme de l'universelle terreur, je sentis *que je gagnais de vitesse mon souvenir*. Au même instant, j'abjurai à jamais, devant le rien primordial, tout souci de *réalité*.

***

42. — La première pensée d'Adam avait été une perception intégrale du mouvement; dans le cœur et les artères du Roi courait la lumière totale du monde.

43. — Adam était la souveraine mémoire. Tiré de la substance cosmique, il se rappelait le cri de sa magique naissance, semblable au rire solaire du plomb mué en or.

44. — Toutes les opérations du Roi s'ouvraient par l'affirmation fondamentale: je suis en celui qui est, car ce qui me sépare de l'être est le rien.

45. — La notion sainte du rien m'a été donnée afin que je sache que le seul rien me sépare de celui qui est et en qui je suis.

46. — Le rien est le mot de reconnaissance des Nobles Voyageurs. C'est l'entrée et c'est l'issue du labyrinthe.

47. — Cette notion du rien, d'où me vient-elle, à moi qui suis mouvement, partant espace, temps, matière?

48. — Moi la Chose, comment m'y suis-je donc pris pour arracher de mon idée du rien le grand sceau funèbre du vide noir et glacé?

49. — Car l'Eau corporelle espace-temps n'a pas été versée avec le fiat dans le récipient d'un vide antérieur. La Pierre espace-temps n'a pas été lancée dans un vide préexistant.

50. — Le vide est espace. Or l'espace même privé d'éther est une matière inséparable de quelque sorte de mouvement identique au temps. Le vide ne pouvait donc pas apparaître sans qu'apparussent dans le même instant les univers.

51. — Mon lieu unique est en celui-là qui a soufflé dans le rien le mirage d'extase de la beauté du monde.

***

52. — O Hiram, ce rien dont l'immobilité de l'inorganique est l'hiéroglyphe muet, ce rien, quel vide le saurait combler?

53. — C'est une eau spirituelle, insubstantielle, primordiale; c'est en elle, transmuée en sang, mouvement et pensée, que nous apercevons l'espace total, pure apparence, l'espace total, matière à coup sûr et cependant plus illusoire que l'image, renversée dans une eau corporelle, de l'étendue bornée.

54. — C'est un miroir idéal que l'Esprit se présente à soi-même afin que sa beauté lui apparaissant librement et comme du dehors, *l'Amour soit exalté au-dessus de la Loi.*

55. — C'est là le premier sacrifice, celui qui a élevé

l'être, — j'entends l'être qui est sa propre loi unique, celle d'être et rien de plus, — oui, c'est là le premier sacrifice qui a élevé l'être par dessus sa propre *nécessité*.

56. — A cause qu'il n'est pour l'être de liberté que dans l'abandon de sa plus secrète essence ; par cet abandon, la loi devient amour.

57. — Ainsi apparut la beauté libérée et libératrice. Afin qu'au-dessus de la nécessité de la loi resplendît le sacrifice libre de l'amour.

58. — Ainsi jaillit dans l'instantanéité du fiat, comme par l'effet d'une totale transfusion, la libre beauté, le lieu spirituel de la Bénédiction, la relation première, celle du beth à l'aleph.

59. — Ainsi s'éclaira dans le rien, dans cette eau spirituelle d'où étaient bannis le vide, le plein, l'action et le nombre, la Vision archimagique d'un univers dont *l'intérieur mobile est espace et dont le contenant est le rien, limite de nos champs de gravitation.*

***

60. — Dans cet œuvre de manifestation, la beauté, l'Epouse, se détacha donc de l'Epoux sans que fût rompue l'indivisible unité ; car elle se détacha comme se sépare de l'objet son image.

61. — Cette manifestation, cette sainte, sainte Matrone de beauté et de gloire serait-elle donc illusion ? Que non pas ; elle est la vérité, la réalité même du seigneur Esprit d'amour.

62. — Car elle ne l'est point par le fait de tomber sous la perception sensorielle dans la relation dynami-

que, mais bien par cela qu'elle est une vision parfaite, une extase surcéleste de l'Esprit son amant.

63. — L'enfantement intarissable de la substance spirituelle des cieux et de la terre est le signe sacré de la féminité de la manifestation procréatrice.

64. — Tel est le saint arcane de l'amour conjugal, sujet du cantique de Salomon. Je voudrais moi aussi le chanter. Mais les légions dorées me font signe de me taire.

65. — Tout de même donc que dans l'instantanéité l'épouse s'était détachée de l'époux comme de l'objet son image, ainsi dans le monde du temps-espace, créé par le fiat lumineux, mouvement de cette réflexion, Eve devait être prise à la polarité encore double de la substance d'Adam recueillie dans le sang même de l'univers.

66. — De l'univers sacrifice des sacrifices, archétype du sang donné par Abel et mystère originel de tous les cultes à immolation.

67. — Et ce sang de la création, ô Hiram, mon fils, ce sang de la création coula aussi pour le rachat. Car, là encore, ne fallait-il pas que fût exalté au-dessus de la loi juive elle-même le libre sacrifice de l'amour?

⁂

68. — Sur cet univers *non situé* de beauté libre, la domination d'Adam s'exerça donc dans la liberté de la suprême connaissance fondée sur la relation originelle de l'aleph au beth, du voyant à la vision, de l'être à l'amour.

69 — Adam était libre, car il savait que le mouvement n'est pas la translation inconcevable d'un lieu vers un lieu, mais la métamorphose intelligible d'un état en un état. Etre libre, c'est se mouvoir certes pour l'action, mais aussi, bien par delà l'action, pour le rythme.

70. — Par le jeu des rapports dynamiques, Adam était la conscience de l'univers et l'organe de perception de toutes choses. Mais par la relation du beth à l'aleph, de la vision située dans le rien à l'Esprit Saint seul réel, Adam était la liberté même de la beauté.

71. — Ainsi plus tard, à l'instant de la purification des êtres et des choses, Christ naquit d'une Vierge, image corporelle de la libre beauté première.

72. — Tout de même que la vision avait été projetée par l'esprit dans le rien, et le premier Adam tiré de la substance cosmique fécondée par le seul esprit : ainsi le second Adam ne pouvait naître que d'une virginale, spirituelle et libre beauté.

***

73. — La passion mystérieuse et chaste, l'ivresse intellectuelle que nous avons tous ressentie au sortir de l'enfance n'est qu'un souvenir obscur du premier amour d'Adam pour Eve sa terrestre compagne.

74. — La femme, prise à la substance spirituelle de l'homme qui était celle de la vision elle-même, la femme se trouvait par rapport à l'homme dans la relation du beth à l'aleph, de la vision au voyant, de l'amour à l'Etre.

75. — Comme le voyant et la vision, les époux édé-

niens étaient indivisible unité. Leurs mouvements et leurs paroles figuraient dans le plan des rapports dynamiques les opérations cachées du grand rituel de réciprocité du voyant et de la vision. Eve était l'image vivante, spirituelle et virginale de la Féminité de la manifestation.

76. — La beauté et la charité de la femme, l'ivresse et la compassion qu'elles font naître nous rapprochent aujourd'hui encore de notre mère la beauté du monde. Mais Adam, dans la sagesse de sa soumission, reconnaissait dans cette beauté l'essence même et la forme de sa compagne de service. Et il s'entretenait avec « Orion, la Grande Ourse, les Pléiades et les étoiles des régions australes » (ces vrais amis de Job) comme il parlait à Eve : dans le frémissement d'élytres universel et invisible d'une sourde, pénétrante et bienheureuse tendresse.

***

77. — Je t'ai conduit, Hiram, jusqu'à cette dalle sacrée où le maître des œuvres a gravé l'image du labyrinthe.

78. — C'est ici, dans ce lieu d'accomplissement, que je prendrai congé de toi pour toute la durée de la grande transmutation qui commence.

79. — Les tentatives actuelles de refonte morale, sociale et politique sont vaines. Avant de conduire l'aveugle à la lumière, il convient de le guérir de sa cécité.

80. — Un concept sacrilège et faux de l'univers physique s'est étendu en cataracte sur la vue intellectuelle de l'homme. Il faut d'abord écarter prudemment d'une

main charitable et forte cette sécrétion opaque qui lui cache le monde réel de la vision.

81. — Dans cette poche à outils que voici, ô Roi des laborieux, tu trouveras la croix, la balance, l'onguent, le sceptre et la couronne du monde. Mais il faut que je te dise encore comment l'ancien Roi est devenu aveugle.

***

82. — La lumière incorporelle de la beauté se détacha de l'être identique à la loi, feu spirituel caché, afin qu'une première *relation* s'établissant entre ce feu et cette lumière, cet époux et cette épouse, l'amour fût exalté au-dessus de la loi.

83. — La lumière incorporelle de la beauté du monde se revêtit dans l'instantanéité même du fiat de cet aspect de cosmos à espace-temps intérieur que nous lui connaissons. Mais en Adam sa conscience, sa liberté et son organe de perception, elle s'apparaissait comme une vision du voyant dans le rien, le rien d'où sont bannis le vide et le plein, le mouvement et le temps.

84. — Il y avait un voyant et une vision et Adam était la relation même de celle-ci à celui-là. C'est en lui, c'est en l'homme enfant de la nécessité et de la beauté que l'amour se voyait exalté, dans sa liberté, au-dessus de la loi.

***

85. — Mais de cette loi identique à l'être, l'unité subsistait indivise dans cette trinité de l'Epoux, de l'Epouse et du premier Adam, conscience de l'arcane conjugal. Car le voyant et la vision ne faisaient qu'un

seul esprit avec la relation primordiale qui était leur intelligibilité dans le concept cosmique de l'homme.

86. — Cette unité indivise était figurée dans le plan des rapports dynamiques par la triplicité espace-temps-matière donnée dans l'unité du mouvement.

87. — Mais ce mouvement lui-même, ce fiat, loi génitrice de la manifestation, n'était rien autre chose qu'Adam né de la substance spirituelle de la vision. Adam était donc dans le plan dynamique la représentation de l'être qui est sa propre loi. Et Eve ne fut tirée de son essence qu'afin qu'il figurât aussi l'amour exalté au-dessus de la loi.

88. — La prévarication d'Adam fit retomber cet amour exalté dans la rigueur de la loi. Telle est l'origine, ô Hiram, de la grande et sévère loi d'Israël.

***

89. — Eve se trouvait donc placée à l'égard de l'homme roi du monde dans la relation du beth à l'aleph, de la vision au voyant, de l'amour à l'être, de l'épouse à l'époux.

90. — Elle figurait la féminité de la manifestation dont Adam était la conscience, la connaissance et la prière. La conscience d'Eve était en Adam, la connaissance d'Eve était en Adam, la prière d'Eve était en Adam.

91. — Eve était libre, à cause que sa conscience et sa connaissance et sa prière étaient en Adam, liberté de la beauté dans la relation primordiale, père de sa propre loi dans le jeu des rapports dynamiques.

92. — Eve était libre, elle était pure de toute sou-

mission envers l'homme, car l'homme et la femme étaient une seule chair, tout de même que le voyant et la vision étaient indivisible unité.

93. — Comme le cosmos lui-même, cette chair était lumière incorporelle de la beauté, de la vision. Fécondée par l'esprit saint comme le cosmos et comme la terre, comme eux elle enfanta, et ses enfants nés pour l'action se mouvaient bien au delà de l'action pour le rythme.

94. — Ce qui séparait Eve d'Adam comme ce qui s'interposait entre Adam et Dieu était le rien, car la parole d'Eve était en toute parole d'Adam, hormis en cette parole par laquelle Adam affirmait être en celui qui est et n'être séparé de lui que par le rien.

95. — A cause qu'Eve était par sa conscience et sa connaissance et sa prière en Adam.

96. — Eve était en Adam et ce qui s'interposait entre Adam et Dieu était le rien; ce seul et même rien séparait donc Eve de Dieu; elle était en lui. Mais elle était aussi en Adam, et ce qui la séparait d'Adam c'était ce même rien dont elle n'avait aucun sujet de prononcer en Adam le nom sacré.

97. — Toute la prééminence d'Adam sur Eve résidait donc dans ce droit spirituel et secret de prononcer et pour soi et pour Eve le nom sacré du rien, qui n'est qu'un nom, car le vide et le plein, le temps et le mouvement en sont bannis.

98. — Et ce privilège mystique était conforme à la situation du rapport dynamique à l'égard de la relation primordiale de la vision au voyant.

99. — Eve, féminité de la manifestation, préfigure

de la nature physique, mais parfaitement libre en Adam et située à l'égard de l'époux dans un rapport dynamique dont il était le géniteur, Eve était incluse en Adam, conscience de la relation primordiale, comme le rapport dynamique se trouve inclus dans cette relation elle-même.

100. — Eve était en Adam, confondue avec sa conscience, avec sa connaissance, avec sa prière : Adam prononçait le mot *rien* pour lui-même et pour Eve, mais lorsqu'il disait moi, il ne pensait qu'à Eve.

101. — Car dans le plan de la relation primordiale il n'avait pas de moi ; mais il avait un moi dans le monde des rapports dynamiques.

*
**

102. — Or, il advint qu'un jour Adam entendit en son moi Eve qui l'interrogeait : « Adam, être de mon amour, n'est-il pas vrai que ce qui me sépare de toi est le rien ? »

103. — Ce mot rien résonnait doucement et étrangement dans la bouche de l'épouse. Adam tomba dans une profonde méditation.

104. — Il ne ferma pas les yeux. Il interrogeait l'espace, l'incorporelle lumière de la beauté. La vision était là. Adam leva la tête ; un aigle volait vers le soleil. L'espace était là. Deux nuages légers glissaient lentement comme pour se fondre en un seul : il y avait comme une impatience en Adam ; les nuages glissaient lentement dans le temps. Et sous les pieds d'Adam, les pierres étaient chaudes du merveilleux midi.

105. — Eve répéta son interrogation ; c'était bien

la même et cependant ce n'était pas tout à fait la même: « Adam, être de mon amour, n'est-il pas vrai que le seul rien te sépare de Dieu? »

106. — L'espace était là, incorporelle lumière de la vision de l'univers non situé. L'espace était là, et Adam dont le Moi ne voulait plus connaître ce rien qui le séparait de Dieu, Adam pensait à l'univers total et murmurait: Où est l'espace?

107. — Alors, ô mon fils royal, ô Hiram, aux confins de cet espace que l'ancien Roi étendait par delà toute idée de limite afin de le situer en lui-même, dans le récipient d'un vide, le rien se mua tout à coup dans l'esprit de l'homme en cet infini de ténèbres qui est la cécité d'Adam.

Le poème des Arcanes a été publié par *La Vie des Lettres et des Arts* dans son numéro XXI en mai 1926.

Prière de HIRAM

Etre pur, si parfaitement identique à ta nécessité qu'il n'est folie de négation qui ne situe par rapport à toi, qui es le tout, son néant condamné à n'être qu'une forme renversée de l'affirmation; que dis-je! si effroyablement existant que la chose distincte de toi par ta volonté, la création, ne peut trouver un contenant que dans ton idée d'un extérieur, d'un rien, à cause que toi seul tu es infini et qu'il n'est pas d'extérieur qui te circonscrive; si intimement confondu avec mon moi, si inséparable de ma liberté que c'est toi qui me soutiens jusque dans mon œuvre de destruction; et à la limite extrême de mon effort, quand la matière et le vide, ensemble identiques et contraires, simultanément s'évanouissent de ma pensée, celle-ci aussitôt se transmue d'un inconcevable non-être, clos à ce vide et à ce plein, en cela qui est l'être même, le oui dont je suis séparé par le non qu'il renferme, le tout qu'un pur rien m'empêche de connaître, le lieu immobile de tout ce qui se meut et que nul mouvement ne peut atteindre, le Dieu en qui je suis comme ma notion d'un extérieur, d'une séparation, d'un rien est en moi... Réalité unique et révélée, qui m'est d'autant plus chère que ce qui t'aime en moi n'est ni aucune des parties de mon être, sens, raison, sentiment, ni leur somme, mais l'être même, — derechef ce rien où le soleil du désir de ma perfection m'apparaît et me couronne. Toi qui es celui qui est, toi la loi, tu voulus être celui qui devient; tu t'exaltas au-dessus de la loi. De ta plus humble idée, celle d'un rien, d'un extérieur, tu fis ta demeure; tu y mis ton amour, afin qu'il t'appelât du dehors. Tu es vraiment celui qui donne sa lumière et son sang, Père, Fils, Esprit, je te salue. Que tout doré de mémoire de la cime de ma plus haute pensée à nouveau vers toi je prenne mon essor. Que dans ma vision du monde comme dans la tienne toute notion de rapport et de limite s'efface. Qu'il n'y ait plus ni fini ni infini. Que seul l'amour devenu lieu demeure.

NOTES

EXÉGÉTIQUES

VERSET 1

« *Comme la montagne m'emportait dans son vol, tout à coup je vis s'ouvrir devant moi sur l'autre espace la porte d'or de la Mémoire, l'issue du labyrinthe* ».

L'AUTRE ESPACE.

Considéré soit au sens absolu du terme en sa totalité idéale, soit dans un sens relatif sous son aspect d'étendue, l'espace semble vouloir se libérer, dans notre représentation, de son apparence de contenant doué d'une existence propre.

L'auteur ne fait allusion dans ce premier verset ni aux théories de l'éther, au moyen desquelles la philosophie matérialiste a tenté d'escamoter un problème spirituel en lui substituant le concept physique de la continuité, ni à l'hypothèse d'une quatrième dimension autre que le temps.

L'espace qu'il décrit est celui-là même qui nous environne, mais désassocié de toute idée de capacité finie ou infinie. La question de l'infini et du fini ne se pose pas à son sujet. Il a cessé d'être son propre contenant aussi bien que celui des choses. Il n'est plus le lieu dans lequel, même en tant que substance, nous nous situons.

Nous ne reconnaissons en lui qu'un des éléments du concept triparti du mouvement, lequel embrasse espace, temps et matière.

Ce qui revient à dire que la trinité de l'espace, du temps et de la matière nous est donnée simultanément, en bloc, dans l'unité du mouvement.

Au voyant, l'espace est révélé par le mouvement de la

lumière ; à l'aveugle, par celui de son bras, de n'importe quel membre ou de l'ensemble du corps ; à l'aveugle et au voyant, et aussi au paralytique frappé de cécité, par la notion même du mouvement, leur pensée fondamentale, point de départ des opérations les plus abstraites, bref, *principe spirituel lié d'une manière indissoluble au cours même de leur sang.*

Dans le domaine de la physique, cette vérité a été pressentie par Descartes, Boscovich, Swedenborg, Robert Grosseteste et Faraday. Dans celui de la métaphysique, par l'auteur des « Arcanes », qui, dès 1916, analysait le concept nouveau dans son « Epître à Storge », (1) pour en extraire les premiers éléments d'une relativité philosophique généralisée. Mais dans le champ illimité de la mémoire latente de Platon, nous la rencontrons tout entière dans les nia, dia et mana primitifs de l'Afrique et de l'Océanie, réminiscences obscures d'une connaissance révélée.

Dans « l'Epître à Storge », première partie d'ARS MAGNA, l'auteur reconstitue dans toutes ses phases l'opération qui devait aboutir à une métamorphose du concept cosmique. Ici, nous ne pouvons en retracer que les lignes essentielles. Ayant réussi à substituer à la représentation erronée d'un *contenant préexistant* celle d'une simultanéité dynamique des trois éléments de la perception initiale, nous assistons à la transmutation de l'espace en un total de matière synonyme d'énergie, dont la notion est inséparable de celle du temps. *L'espace, indépendamment de l'existence d'un éther, est devenu un solide dont le temps est une des dimensions, et le tout est un produit simple, une création instantanée du mouvement.*

Peut-être n'est-il pas inutile de rappeler ici qu'à l'époque où l'auteur écrivait et publiait « l'Epître à Storge » (1916) l'œuvre, inédite encore, du Professeur Einstein, et le nom même du mathématicien lui étaient totalement inconnus.

(1) Revue de Hollande, 1er janvier 1917, et « *Ars Magna* » (Editions des Presses Universitaires de France, boulevard Saint-Michel, 49, Paris).

Générateur de ce que nous appellerons désormais l'espace-temps-matière, et, en raison de la simultanéité dynamique, son contemporain et synonyme dans le monde effectif, le mouvement nous apparaît cependant, sur le plan métaphysique, doué d'une évidente antériorité par rapport aux trois autres éléments de la notion cosmique fondamentale. Cette antériorité forme le sujet de la quatrième partie d'ARS MAGNA (Turba Magna). La nécessité de concilier cette priorité du mouvement avec la simultanéité dynamique nous impose le concept d'un premier mouvement, celui d'une lumière incorporelle antérieure à la lumière physique créatrice d'univers des écoles philosophiques médiévales de Chartres et d'Oxford. Cette lumière incorporelle est absolument indépendante de toute théorie odique.

Le jour n'est peut-être pas éloigné qui obligera la science à reconnaître l'existence d'un plan naturel où un phénoménisme supérieur, perceptible parfois pour les Plotin et les Pascal, se développe parallèlement aux opérations suprêmes de la pensée. Une expérience que nous avons relatée dans « l'Epître à Storge » nous a appris que le mobile spirituel initial pouvait se manifester à notre vue mnémonique (voir « Memoria », deuxième partie d'ARS MAGNA) sous l'aspect d'un splendide soleil d'enseignement et de bénédiction, Shekinah, Metatron, buisson ardent de Moïse, Mikaël, peut-être Aton d'Aménophis IV. C'est à la perception de ce mouvement spirituel que se rapportent également les mots montagne et « porte d'or de la Mémoire » renfermés dans ce premier verset des Arcanes.

LA MONTAGNE ET LA PORTE D'OR DE LA MÉMOIRE.

Le phénoménisme supérieur qui se développe dans la lumière incorporelle n'est pas une reproduction onirique du monde de la causalité. Il est, au contraire, l'archétype seul réel, *parce que seul situé,* du mécanisme cosmique qui, comparable en cela à notre satellite, présente toujours la même face matérielle et impénétrable à l'investigation scientifique non soutenue par la prière, la confiance et l'humilité. L'ascension effectuée par l'auteur le 14 décembre 1914 occupe une large place dans « l'Epître à Storge ». La montagne qui en a été le théâtre est le lieu réel, absolu, des montagnes terrestres célébrées par les principales religions. Ce n'est ni en souvenir des cavernes paléolithiques, ni dans un but de sécurité, encore moins dans une intention enfantine de les rapprocher du ciel que les anciens sages ont construit leurs sanctuaires sur les montagnes et les hauts plateaux. Les monts Nisir, Ararat et Himavat des trois déluges babylonien, hébreu et hindou ne sont pas de simples points d'amarrage, mais des correspondances physiques de la sainte montagne dont la cime dorée domine les tempêtes spirituelles. Cet Horeb idéal qui a vu disparaître une infinité de galaxies et qui survivra aux millions de voies lactées actuelles, cet Horeb indestructible est le point culminant de la méditation religieuse. C'est le lieu visible de l'illumination et de la révélation. C'est là que s'ouvre sur « l'autre espace » la porte d'or de la mémoire secrète. C'est là qu'apparaît à l'épopte le Fiat, le mouvement premier, la lumière spirituelle incréée. En retournant à la sphère du phénoménisme physique, le voyant emporte dans son sang de Minos régénéré pour neuf ans l'image du mont sacré. Dorénavant, il la chérira et vénérera dans ses correspondances terrestres ; elle lui sera Sinaï, — elle lui sera aussi Mont des Oliviers et Calvaire. Et nous, et nous-mêmes, exilés frappés d'amnésie, nous la reconnaîtrons dans tous les sites mystiques d'ici-bas : l'Elbrous et le Kazbek, montagnes saintes de la primitive humanité dravido-européenne, « Cimes des Bienheureux, où, au milieu de la blancheur des neiges éternelles, trône le maître du monde, roi des esprits ». Les montagnes anatoliennes du grand Dieu créateur des Hittites, Teschoub, « le maître des Sommets ». Le Iouktos crétois, où le Roi couronné de lys vient s'entretenir avec Zeus Astérios son père. Le mont Ida, avec sa grande caverne sacrée et son sanctuaire de Camarès.

Le mont Dicté avec sa grotte sainte de Zacro le Haut, consacrée aux divinités des sommets Zeus et Britomartis-Dictynna la déesse des hauts lieux, la Vierge-Mère, la très sainte Ariadne, Dame des Monts. L'Aigaïon, où Zeus est nourri par la chèvre, l'Arkhalokhori, la Skoteïno, ténébreuse bien-aimée de Cnosse. Contemporain de la Crète minoénne, le Cynthe encore pélasgique nous apparaît à Délos couronné par un sanctuaire rupestre. Quelques siècles s'écoulent et dans la Troie achéenne Hector offre des sacrifices sur les cimes de l'Ida. Le néos d'Athéna brille au sommet de l'Acropole. Tournons la vue vers l'Egypte : Abydos, l'une des rares montagnes de ce pays, est un labyrinthe de tombes et de sanctuaires et le Sinaï nouvellement conquis par le Pharaon voit s'élever dans le voisinage des précieuses mines de cuivre des chapelles à Septon, seigneur de l'Orient, à Hathor, au roi Snefrou. C'est sur une montagne que le Thibétain construit à Lhassa le Potala mystique. Quittons les continents anciens, abordons aux lointains rivages insoupçonnés de Colaios de Samos et de Néchao II, l'instigateur du périple africain : le temple Ccoricaucha du soleil Inti dresse sa masse imposante au sommet d'une montagne qui porte dans ses flancs Cuzco, la ville sainte, la capitale du sapa-inca. Nous pourrions multiplier à l'infini ces exemples; le Montsalvat de l'Epître demeurerait le Lieu de tous ces lieux.

L'ISSUE DU LABYRINTHE.

Le labyrinthe auquel fait allusion le premier verset est le secret cosmique dont les dédales antiques de Cnosse, de l'île de Moeris, de Lemnos et d'Etrurie ne sont que les figures architecturales. Une représentation analogue a servi d'emblème au Temple de Salomon. C'est le chemin de Jérusalem ou chemin de la Lieue. La plupart des églises mérovingiennes et carolingiennes ont abrité son image en mosaïque. Les églises gothiques nous en offrent aujourd'hui encore la reproduction à Reims, Chartres, Saint-Omer, Bayeux, Amiens.

Signature compagnonnique des constructeurs de cathédrales, ces poèmes cosmogoniques de la chrétienté, le labyrinthe est un symbole des plus secrets. L'entrée en est aussi l'unique issue : la naissance et la mort sont un seul et même passage du mouvement spirituel au mouvement physique et inversement. Comme dans la théorie de la courbure de l'espace, la lumière corporelle décrit un cercle de quatre-vingt-quatre milliards d'années, ainsi notre lumière spirituelle, mobile premier dont la transmutation nous revêt de matière, semble accomplir en chacun de nous, de la première naissance à la dernière mort, le cycle immense du phénoménisme dynamique, véhicule de l'évolution morale. Le but de cette opération qui est notre vie même apparaîtra avec plus de clarté après l'explication des versets relatifs à la prévarication d'Adam et à la féminité de la Manifestation. Etant donné le nombre, fini comme l'univers physique, mais néanmoins incalculable de nos migrations, nous ne pensons pas que notre mémoire latente soit susceptible de les contenir. La légende qui attribue ce don surhumain au sage de Crotone a sans doute pour origine un symbole relatif au pouvoir, départi à chacun de nous, de substituer au concept dynamique de la succession celui d'une instantanéité divine qui nous éclaire sur notre principe spirituel.

VERSET 2.

« *Ce fut là l'origine de la doctrine que j'ai exposée dans le Testament* ARS MAGNA, *narration fidèle et pieuse des événements qui m'ont conduit, deux ans plus tard, dans l'été de l'année mil neuf cent seize, à la découverte et à la démonstration de la loi spirituelle et physique de la relativité universelle* ».

LE « TESTAMENT » ARS MAGNA.

Dans la pensée de l'auteur, le sens à attacher à ce vocable est celui d'un legs à une postérité aussi éloignée que possible de cet âge quatrième à l'agonie duquel nous assistons. Le poète d'*Ars Magna* et des *Arcanes* n'écrit pas pour ses contemporains.

LA RELATIVITÉ UNIVERSELLE.

Par relativité universelle, il faut entendre non pas une théorie purement philosophique et d'ailleurs si ancienne que les soufis eux-mêmes n'ont trouvé que fort peu à y ajouter, mais la découverte de la matérialité de l'espace devenu synonyme de relation des mobiles.

VERSET 3.

« *J'entre dans la douzième année de la suprême connaissance* ».

LA SUPRÊME CONNAISSANCE.

C'est la connaissance prosternée, c'est-à-dire celle qui, ayant su admettre *a priori,* au milieu d'indicibles tourments, l'absolue identité des concepts supérieurs de la science et des dogmes chrétiens, trouve tôt ou tard sa récompense dans quelque phénomène démonstratif du monde archétype.

VERSET 4.

« *Néanmoins, j'humilierai devant toi dans la poussière ce front qui a reçu la couronne* ».

LA COURONNE.

La révélation du phénoménisme supérieur s'ouvre par un sacre mystique, type du couronnement des régents de droit divin dans le monde matériel. Les diverses phases de ce sacre correspondent aux moments principaux de la régénération du minéral. L'élévation à travers la nébuleuse étant parvenue à son terme, et l'épopte se trouvant en parfait état de veille et dans une position horizontale, à très peu de distance de la grande nuée cuprique qui lui dissimule le plan lumineux supérieur, une clarté apparaît à une faible hauteur dans la masse vaporeuse en arrière du crâne, de telle sorte qu'on la croirait contempler à travers l'épaisseur des pariétaux. Au même instant, la grande nuée se dissipe, découvrant la région supérieure que traverse tout aussitôt, en un bond elliptique d'une extrême violence et avec un bruit de grand vent, l'ove métallique chauffé au rouge. Celui-ci se transformant en un globe d'or, s'abaisse lentement vers la voûte du crâne sur laquelle il se pose en couronne ; ensuite de quoi, se redressant légèrement, il prend l'aspect d'un magnifique soleil d'or de forme ovale, s'arrête dans sa course, s'arrondit et plonge longuement son omniscient regard dans le tréfonds de la pensée du nouveau Roi. Tandis que le coucher de l'astre de la mémoire s'effectue en arrière du crâne, son merveilleux rayon transmue en or la nuée métallique qui s'étend à l'infini devant la vue de l'adorant. Aussitôt que celui-ci a regagné le plan du phénoménisme physique, des murmures d'une angélique douceur s'élèvent de toutes parts, entrecoupés d'accords de psaltérion. Le pshent pharaonique, les mitres et la tiare offrent au souvenir du Roi occulte une sorte de correspondance physique de la Couronne solaire ovale. Si les origines de la royauté terrestre sont magiques, elles ne le sont pas au sens naturiste qu'attachent à ce mot M. James-Georges Frazer et nombre d'autres savants. Il est devenu tout bonnement burlesque, au seuil des temps nouveaux, de séparer l'idée de la nature de celle de Dieu. Alighieri ne nommait jamais la Fille sans donner une pensée au Père. « Toute chose passagère n'est qu'un symbole » a dit Maître Gœthe. Derrière le symbole il y a la réalité immuable et *située*. Mais pour l'atteindre, la condition première est d'entrer par la porte et non par les fenêtres. (Luz hébreu, Kundali hindou, « animal » de Leibnitz, Œil de Shiva, glande pinéale, « petite glande » du Traité des Passions de Descartes).

VERSET 5.

« Je l'humilierai devant toi, mon fils Hiram, Roi du monde unifié, Architecte de l'Eglise Catholique effective de demain, cette régente universelle de la foi, de la science et de l'art. »

HIRAM, ROI DU MONDE UNIFIÉ.

Le personnage qui nous occupe n'est pas le héros symbolique des Templiers et de la franc-maçonnerie écossaise d'Angleterre, d'Allemagne et de Savoie. L' « architecte » de ces confréries n'avait de biblique que le nom. La légende de son assassinat par les trois compagnons rebelles et de la découverte de son cadavre par les neuf Maîtres n'est qu'une figure du meurtre de Jacques de Molay et des représailles exigées des chevaliers groupés autour de Beaujeu, neveu de la victime. L'allégorie est nettement indiquée par le mot de passe Nekom, (Vengeance) employé par le Chapitre de Clermont et la loge écossaise l'Union de Berlin. Si l'auteur a cru utile de suivre Lessing, Joseph de Maistre, R. Le Forestier et quelques autres historiens des confréries dans leur recherche de l'origine d'une institution qui n'hésite pas à se réclamer des Esséniens et des Chanoines du Saint-Sépulcre, c'est surtout en témoignage de la vénération due à quelques-uns de ses membres, et singulièrement au Kadosch Dante Alighieri de la Fede Santa et au Rose-Croix Polybius le Cosmopolite, alias René Descartes. Il serait d'ailleurs vain de nier l'intérêt psychologique qui s'attache à ces ordres secrets où la vanité, mobile essentiel de toutes les actions humaines, s'est donné un si libre cours. Pour ténu qu'il soit, le lien est d'ailleurs évident qui unit leurs doctrines plus ou moins adultérées aux deux orphismes, le primitif et celui du VIe siècle grec ainsi qu'à l'évolution de la philosophie en général.

L'Architecte futur nommé dans les « Arcanes » est le fils spirituel de Hiram-Abi, le constructeur envoyé par Hiram de

Tyr à Salomon. C'est lui qui doit établir sa domination temporelle sur un monde d'abord unifié en esprit par la Sainte Eglise Catholique, dépositaire d'une vérité divine et humaine confirmée par la philosophie et la science.

La foi et la raison ont lutté durant des siècles. N'était-il pas prescrit à l'une de défendre la lettre sacrée, indéchiffrable aux enfants, à l'autre de s'élever par la voie de la souffrance jusqu'aux régions sereines de l'Esprit ? La science d'aujourd'hui attend encore sa synthèse et sa philosophie. De l'une et de l'autre, le poème des « Arcanes » offre la première ébauche synoptique.

Le fondateur de la Monarchie nouvelle sera également le constructeur de la Cathédrale de la Paix, temple auguste d'une religion et d'une science réconciliées pour une toute puissante coopération dans les deux domaines spirituel et temporel. Universités, observatoires, hôpitaux, départements administratifs et politiques, théâtres et musées consacrés à l'art seul digne de ce nom, un art religieux plus conscient, plus synthétique, plus universel que celui de l'Egypte et de la Grèce — tous les laboratoires de la haute pensée viendront se grouper en un cercle immense autour de la future Eglise de Notre-Dame, Vierge-Mère de la Connaissance, Féminité de la Manifestation cosmique incarnée en Marie mère du Christ. Cette Eglise universelle fondée pour l'éternité sur l'identité absolue des concepts de la science et des dogmes de la religion, cette cathédrale catholique centrale d'une planète spirituellement et politiquement unifiée sous la Croix et le Sceptre, ce Martyrium de la sainteté et du génie verra chaque année, dans la quinzaine de Pâques, fête de la Résurrection, se réunir dans son enceinte et communier en esprit d'amour, de connaissance et de paix les Délégués des Etats-Unis de notre terre, aujourd'hui encore patrie non d'Abel, mais de Caïn.

Il n'est question, depuis quelques années, dans les milieux

politiques les plus réalistes, que de l'instauration relativement prochaine d'un régime européen fondé sur les principes qui ont présidé à la formation de la grande fédération américaine. La Société des Nations nous offre d'ores et déjà une ébauche de cet édifice futur, bien que le but pratique et immédiat qu'elle assigne à ses travaux se limite sagement à la suppression de la double menace qui se condense au-dessus de l'Europe orientale et du Pacifique. L'auteur des « Arcanes » a eu l'occasion de suivre de fort près, en qualité de délégué dans une assez triste affaire, le développement rapide de cet organisme si supérieur, par sa composition, sa discipline et ses méthodes, aux parlements nationaux de nos médiocres démocraties. La sympathie qu'il ressent envers l'Assemblée et le Conseil exécutif lui commande de ne rien dissimuler de sa pensée. Si la chute de l'Empire égyptien et la dissolution du monde romain apparaissent comme des jeux d'enfants au regard de la crise politique, économique et sociale que nous traversons, cette crise elle-même est fort peu de chose auprès de la détresse morale où s'abîme notre époque. Cette détresse est universelle. Elle est peut-être plus profonde encore dans les riches Amériques que dans notre Europe délabrée. Les continents assujettis se réveillent. Où est l'autorité qui tracera la ligne de leur nouvelle évolution ? Que pourrons-nous dire à ces enfants mystiques, plus subtils philosophes que nous ? Qu'aurons-nous à leur offrir, si ce n'est quelque jouet meurtrier ? Les patries naissantes ne sont jamais pacifiques, et il est tout bonnement insensé d'espérer une régénération morale du seul progrès des sciences. Avant cinquante ans, les deux nations maîtresses de l'Europe occidentale se trouveront à peu près dans la situation de l'empire byzantin. D'où viendront les garanties d'indépendance et d'équilibre ? Qui se souvient de l'enthousiasme et des espoirs de 1789 ? Et quelle peut être enfin la valeur d'une entente même entre nations européennes, alors que nous n'en connaissons pas deux qui aient le même âge physiologique, historrique et surtout moral ? Les deux Amériques du Nord et du Sud sont elles-mêmes impuissantes, hélas ! à régler le conflit qui oppose la doctrine de Monroë au Panaméricanisme.

Toutes ces difficultés disparaîtraient d'elles-mêmes en dévoilant la secrète et bienfaisante nécessité qu'elles recouvrent, si l'humanité répudiait une fois pour toutes les théories matérialistes et le naïf scepticisme qui troublent le cours de son existence et menacent, ainsi que le montre la dépopulation des plus nobles pays de ce monde, d'en tarir les sources sacrées. Le salut ne peut venir que de l'Esprit, mais celui-ci demeurera chose vaine et indéfinissable aussi longtemps que nous hésiterons à lui restituer son vrai nom, qui est Esprit Saint.

L'époque — cette époque terrible et belle comme une résurrection de la foi — est caractérisée par une indicible inquiétude métaphysique. La science, parvenue aux confins du monde matériel, mesure avec un effroi qu'elle tente en vain de dissimuler à ses adeptes, l'immensité du domaine mystique qui s'ouvre devant ses pas. L'expansion des moyens de locomotion ultra-rapide et du machinisme en général, ces créateurs de besoins artificiels, pose à la multitude elle-même le problème des origines et surtout des fins du *Mouvement*. Qu'y a-t-il dans tout cela de fixe, d'immuable, de *réel* ? Voilà la question que l'on lit sous le masque d'impassibilité fixé au visage de la foule moderne.

L'angoisse qui dicte à cette foule sa tragique interrogation atteint un degré inouï d'acuité lorsqu'au mouvement visible qui la provoque nous associons par la pensée le tourbillonnement éternel des électrons et la gravitation des galaxies. Et pourtant, quoi de plus simple que la réponse ? Ce qu'il y a dans tout cela de fixe, d'immuable, de réel, c'est la question elle-même et l'héroïque affirmation qu'elle attend. Cette affirmation varie de forme suivant les degrés de la double évolution scientifique et morale ; mais chaque époque n'en reçoit pas moins la réponse qui lui est appropriée. Quand l'affirmation suprême tomba enfin des lèvres de Dieu fait homme, la philosophie matérialiste du monde romain, prenant la parole au nom du Cosmos physique tout entier, lui opposa l'admirable : « Qu'est-ce que la vérité ? » de Ponce Pilate. C'est que l'humanité n'était pas mûre, la science n'était pas prête, la guerre n'était pas morte. La matière répond toujours : « Qu'est-ce que la vérité ? » parce que la vérité n'est pas matière. Rien n'est lent comme les saintes opérations et l'accomplissement du Grand Œuvre. « C'est la fin qui est difficile », répondait Gœthe à ceux qui lui citaient l'adage inspiré aux Germains par la difficulté des commencements. Et voilà la raison pour laquelle le Prince de la Paix nous prédit lui-même la guerre spirituelle et physique, comme conséquence première de sa venue.

Aujourd'hui, les temps pressentis par Guillaume Postel, les temps de la « perfection de la Restitution de la Nature » annoncent leur apparition prochaine dans le poème sacré des Arcanes. La religion et la science, comme l'esprit et la matière, comme tous les continents et tous les Etats de ce monde, aspirent à la sainte unification. Ce que l'Eglise a été au Moyen-Age pour la Chrétienté, elle le sera demain pour la planète tout entière. Mais il serait sacrilège de feindre la prescience de son heure et de son action, car, lorsqu'elle élèvera la voix, c'est l'Esprit Saint qui parlera par sa bouche.

VERSET 6.

« Car si la vérité qui parle ici m'avait été révélée par une créature comme elle te sera dévoilée par l'organe de la créature que je suis, très certainement je ne l'eusse pas reconnue ».

VÉRITÉ.

L'attention du lecteur a déjà été attirée à plusieurs reprises sur les événements qui, après trente années de méditation consacrées exclusivement au problème de l'espace, *clef de toutes les connaissances,* ont révélé à un esprit foncièrement hostile aux philosophies non fondées sur l'expérience, l'existence d'un phénoménisme supérieur, *absolument incorporel et distinct de toute métapsychique.* Il est enfantin de prétendre que l'intuition puisse se passer de la confirmation souveraine des faits. La théosophie, ou plutôt ce que l'on entend par ce mot depuis une cinquantaine d'années, est un conte bleu. L'objet de la science et de la philosophie est non pas le vraisemblable mais le vrai, et il n'existe pas de vérité fondamentale, même d'ordre spirituel, qui ne puisse être démontrée à notre époque au moyen de quelque loi physique et mathématique. La relativité, qui apparaît aux ignorants et aux esprits faux sous les traits d'une destructrice de l'absolu, est au contraire une porte ouverte sur une ère de nouvelle spiritualité. Le seul fait de l'accuser d'être une négatrice montre que ses détracteurs commettent l'erreur grossière d'identifier *l'absolu* avec *l'espace.* Cependant, le fondateur de la nouvelle Monarchie, plus fervent catholique que son maître, puisera toute sa force dans la foi et l'humilité, sans fonder ses convictions sur la concordance des témoignages de la science et de la religion, concordance tout au plus propre à dessiller les yeux aux sceptiques.

VERSET 7.

> « *A la source de l'antique souffrance se trouvent les conceptions physiques erronées, visions cosmiques de châtiment* ».

VISIONS COSMIQUES DE CHATIMENT.

Les deux problèmes de l'amour et de la mort, sources intarissables de la douleur, apparaîtront, dans la suite du poème, *indissolublement unis à la question de l'espace. L'homme n'a qu'un seul désir : vivre et aimer éternellement.* Or, dans l'espace tel qu'il le conçoit, c'est-à-dire préexistant et contenant, toute chose a un commencement et une fin. Cette idée fixe de l'humanité déchue a trouvé son expression naïve, mais fidèle, dans la recherche du mouvement perpétuel, de l'élixir des sages et des fontaines de jouvence, puérilités qui ne devraient pas nous faire sourire, car c'est la même préoccupation ingénument matérialiste qui règne dans les laboratoires de nos modernes rajeunisseurs. Depuis la première victoire du matérialisme sur la vérité spirituelle révélée, notre concept de l'espace, et par conséquent de l'univers et de la vie qu'il semble contenir, est absolument inconciliable avec la saine logique demeurée indemne dans les profondeurs de notre mémoire latente. Créé libre, l'homme a matérialisé son être secret et avec celui-ci la Nature au sens universel du mot. Sa folie l'ayant incité à *situer* l'espace contenant auquel il prêtait une existence effective, cet espace, dans sa pensée sacrilège, s'est étendu à l'infini et s'est identifié en quelque sorte avec l'absolu spirituel. Or, l'Enfer, c'est précisément cela... La catabole, phénomène purement psychologique, sera dans la suite de notre exégèse, l'objet d'un examen particulièrement détaillé.

VERSET 8.

« *L'essence de la pensée étant sensation, c'est-à-dire constatation et amour du Mouvement, toute psychologie non fondée sur l'analyse du concept physique du monde tôt ou tard se dissipe avec les autres mirages de l'imagination* ».

CONSTATATION ET AMOUR DU MOUVEMENT.

La pensée est longuement développée dans l'Epître à Storge (Ars Magna). La contexture extrêmement serrée de ce poème mathématique nous interdit malheureusement d'en extraire le moindre passage. Force nous sera en conséquence de recourir à l'image, expédient exégétique détestable. L'essence de la pensée est sensation, c'est-à-dire perception du mouvement des deux mondes intérieur et extérieur. Penser, c'est tout d'abord situer et comparer : encore les deux opérations se laissent-elles ramener à une seule, car la comparaison initiale est le rapport d'un lieu à un autre. Penser, c'est donc primitivement se situer soi-même par rapport aux objets extérieurs, physiquement d'abord, ensuite moralement. Plus tard, c'est déterminer la situation de notre monde par rapport à celle des mondes environnants. Etre, c'est être en un lieu, parcourir une série de points eux-mêmes mobiles ; c'est se mouvoir esprit dans un corps doué de mouvement et porté par un monde en gravitation autour d'autres mondes gravitants. Copernic, Galilée et Newton, bien avant leurs découvertes provoquées par de petites images mobiles venues du monde extérieur, portaient déjà toutes leurs connaissances dans leur mémoire latente. Les intuitions sont des souvenirs. En raison de la loi universelle fondamentale, celle de *l'analogie*, l'opération mentale essentielle s'étend au domaine moral : aimer et haïr, c'est obéir à un mouvement d'attraction ou de répulsion. La pensée, par conséquent, n'est qu'une constatation et un *amour* du mouvement, une esthétique, une science du rythme, car le mouvement est détermination de *lieu* et le lieu lui-même détermination de l'*être*. Toutes nos idées tirant origine de notre idée du lieu, c'est-à-dire de notre concept de l'espace, une psychologie non fondée sur l'analyse de la représentation de l'univers physique ne peut donc être que subjective et erronée.

VERSET 9.

« *Le langage de la vie est sans apprêt. Nue est la parole de la mort. La beauté du monde, notre mère, a un même regard pour le berceau et pour la tombe. Cependant son visage nous inspire une sainte confiance* ».

SAINTE CONFIANCE.

Shakespeare a résumé d'une manière magistrale l'enseignement de la vie. L'Homme est le clown qui, tout à coup, apparaît sur la scène, s'agite et divague un instant, puis disparaît dans la coulisse, *et on ne l'entend plus*. La beauté du monde demeure impassible comme le « rêve de pierre » du célèbre sonnet des Fleurs du Mal. Cependant, comme le fait observer Schopenhauer, le survivant poursuit ses petites entreprises avec une sérénité d'immortel. Rien n'est instructif à cet égard comme les bribes de conversations recueillies dans les cimetières pendant les enterrements. C'est au cours d'une de ces émouvantes cérémonies que l'auteur a été initié par des héritiers aux mystères mécaniques des coffres-forts.

VERSET 10.

« *A cause que nous sentons très distinctement au fond de nous-mêmes que toutes nos innombrables interrogations, à l'exception d'une seule, sont importunes et frivoles, pleines de curiosité et étrangères à l'amour* ».

CURIOSITÉ ET AMOUR.

Toutes les connaissances scientifiques et philosophiques se laissant ramener au concept du *lieu*, c'est le problème de l'espace que nous devrions rencontrer à l'origine de nos préoccupations matérielles et morales et à la base des systèmes et des œuvres d'art consacrés aux destinées de notre race. Or, la seule philosophie chrétienne a clairement défini le principe, en opposition avec l'aphorisme de Perse ex nihilo nihil, qui résumait les concepts fondamentaux de toutes les cosmogonies attachées à l'idée d'une coordination du chaos dans un espace préexistant. La représentation précise d'un Rien originel antérieur à l'espace, honneur des systèmes du XVIIe siècle, ne pouvait se former que dans une pensée éclairée par la doctrine chrétienne. Ce « Rien » originel ne désigne, bien entendu, qu'une absence d'espace-matière, et non pas une absence d'énergie spirituelle. Au cours des deux derniers siècles, l'esprit de négation d'une part et de l'autre le matérialisme et la pauvreté philosophique des écoles spirites ont une fois de plus refoulé l'humanité dans la vase épaisse de l'espace d'où, semblable aux poissons abyssaux, elle n'essaie même plus de remonter à la surface de cet univers fini mais *situé* dans la seule vision de Dieu. Quand le flambeau de la foi s'éteint, les ténèbres se répandent sur le monde et à la chaleur vivifiante de l'affirmation succèdent les froides et médiocres spéculations de la curiosité.

VERSET 11.

« Une seule question nous rend dignes, ô Hiram, de nos grandes douleurs : « Où est l'espace ? »

OU EST L'ESPACE ?

A cette question qui résume les innombrables interrogations qui nous assaillent depuis la septième année de la vie jusqu'à la tombe, il n'est qu'une seule réponse logique et conforme au besoin que nous éprouvons de nous élever par une héroïque affirmation au-dessus de nos piètres destins : l'espace n'est situé ni en soi par extension sans fin, ni, ce qui reviendrait au même, dans un hyperespace à X dimensions. La question de l'infini et du fini ne se pose pas à son sujet. L'espace est une relation entre mobiles ; il cesse là où finit le champ de gravitation des voies lactées, des univers-îles. Supposons que l'ensemble des deux millions d'univers-îles connus gravite autour d'autres ensembles d'univers-îles; l'espace s'évanouira aux confins du champ de gravitation de ces ensembles. L'espace donné par le seul mouvement a une quatrième dimension, — une dimension de mouvement — le temps. Le mouvement, lumière physique, unité de vitesse, est le géniteur de l'espace (Grosseteste) ; les origines de celui-ci sont par conséquent physiques : l'espace s'identifie avec la matière universelle, *corps unique et parfait*. Pour ce qui est du mouvement créateur de l'espace, du mouvement lumière physique, il prend naissance dans la *transmutation* d'une lumière incorporelle que Plotin, Descartes, Swedenborg, l'auteur des *Arcanes* lui-même et beaucoup d'autres anciens et modernes ont connue. Cette lumière incorporelle est un trait d'union, un plan intermédiaire entre l'univers archétype pensé par la Divinité (Bereshit) et le monde de la Manifestation, monde qui présente une apparence spatiale, donc physique, à qui le considère du dedans, mais dont le *lieu* réel et unique s'identifie avec la lumière incorporelle, mère de la lumière physique et par là créatrice du Mouvement-espace-temps-matière.

VERSET 12.

« *La maladie d'Hamlet, de Faust et de Manfred tirait origine d'une représentation du cosmos défigurée par la prévarication d'Adam* ».

LA « PRÉVARICATION D'ADAM ».

Le tableau de la Création que nous venons de brosser nous offre la représentation du monde telle qu'elle se formait dans la pensée de *l'homme libre en Dieu* avant l'identification sacrilège de *l'espace avec l'infini*. Cette identification, par laquelle l'homme a voulu s'affirmer maître unique de ses destinées dans un espace contenant, préexistant, étendu à l'infini au moyen d'une première opération mentale qui égalait à Dieu cet espace et l'homme qui le pensait, cette identification devait engendrer une longue série de doctrines panthéistes mères de la stérile incroyance actuelle. Cette première opération de magie noire cosmique a un certain air d'innocence, parce que, s'effectuant dans ce que nous appelons la « nature », elle apparaît elle-même « naturelle » à nos yeux. Mais les ténèbres, le froid, l'insensibilité de cet espace étendu à l'infini par l'orgueilleuse pensée, ces ténèbres, ce froid, c'est Satan lui-même, fils de l'homme, dans toute la majesté immense et noire de ses épouvantements: La sainte Raison est un mécanisme des plus délicats. Introduisez le grain de sable de l'orgueil dans le cerveau d'un Saint François d'Assise, vous obtiendrez Hamlet-Faust-Manfred et ses petits-fils anxieux et sottement ricaneurs d'aujourd'hui.

VERSET 13.

« *Dans cette représentation, l'idée de l'espace, identifiée à celle du contenant, apparaissait comme un rideau immense de ténèbres suspendu dans une éternité de temps. Dans cette nuit d'épouvante, les mondes de la matière et du mouvement prenaient l'aspect d'inexplicables trouées de vie et de lumière* ».

NUIT D'ÉPOUVANTE.

La nuit d'épouvantes cosmiques à laquelle fait allusion le verset 13 a son pendant sur cette terre : les nuits passées par les amants mortels sous le regard du flambeau nuptial. L'idée funeste de la préexistence d'un espace infini contenant de l'univers matériel a non seulement faussé le rouage de la pensée mais, comme nous le verrons bientôt, adultéré le principe conjugal, correspondance terrestre la plus haute du sacrifice divin de la Création, ou Hiérogamie. C'est l'atteinte irréparable portée à ce principe qui est l'origine de ce que l'on nous permettra d'appeler les affres de l'amour et de la mort, magistralement définies par Baudelaire comme « le canevas banal de nos piteux destins ». L'arcane conjugal sera longuement exposé plus tard aux versets correspondants. Il nous suffira pour l'instant de révéler que le Divin, feu incorporel caché, est l'Epoux du Cantique des Cantiques et qu'il projette sa lumière spirituelle, mère de la lumière physique créatrice de l'espace, sous la forme d'une Epouse Vierge-Mère cosmique, qui est la Féminité de la Manifestation. Nous avons tenu à indiquer dès à présent les conséquences morales incalculables d'une prévarication à laquelle plus d'un lecteur éclairé du poème des Arcanes nous a reproché de n'avoir attaché qu'un sens métaphysique et une portée purement intellectuelle.

VERSET 14.

« *C'était là une vision de l'orgueil criminel. La domination universelle de l'homme et sa mémoire des origines s'évanouirent à l'instant même où le Moi, maudit soit-il, suggérait à l'ancêtre un rapprochement monstrueux entre l'idée de l'espace et celle de l'infini* ».

LA DOMINATION UNIVERSELLE.

L'homme, créé à l'image de Dieu, jouissait de la suprême liberté, car il nous est impossible d'en concevoir une en dehors de l'Affirmation, c'est-à-dire de la connaissance et de l'acceptation d'une nécessité qui s'identifiait au Divin et que celui-ci ne surmonta qu'au moyen d'un premier sacrifice, la Manifestation. Etre unique ne faisant qu'un avec sa Loi, Dieu, dans une émission de lumière incorporelle, extériorisa le monde archétype de sa pensée afin de le pouvoir aimer non plus au dedans mais en quelque manière hors de son être. La lumière incorporelle se réfléchit à sa vue dans le Rien d'où le vide était banni au même titre que le plein. (Jacob Bœhme, dans un mouvement de saint enthousiasme, s'écrie : Notre Seigneur est magique). Cette lumière incorporelle, indépendante de tout véhicule physique et néanmoins perceptible des sommets de la méditation, objectiva pour la première fois l'opposition de l'idée d'un extérieur à celle d'un intérieur. Projetée dans le Rien synonyme de non-existence du vide et du plein, elle se transmua en un premier point mathématique d'espace-matière, lequel s'embrasant émit à son tour le premier rayon de lumière physique transformable en électricité et créatrice de l'univers par expansion. Cet univers de matière ainsi formé prit dans son ensemble, qui ne peut être embrassé que par le regard de Dieu, l'aspect d'une Epouse de Gloire, Nature universelle, procréatrice fécondée en l'Esprit Saint sans émission de semence minérale, végétale ou animale primitive, Vierge-Mère dont le souvenir subsistait encore à l'époque du matriarcat asianique et égéen.

Matériel en tant que relation entre mobiles et lorsqu'on le considérait du dedans, cet univers de lumière incorporelle transmuée en lumière physique avait pour contenant unique et absolu le Rien, synonyme *d'absence* de vide et de plein, dans lequel Dieu l'avait placé ; car l'espace-matière créé n'existe véritablement que dans la vision spirituelle de son Créateur. L'homme doué d'une mémoire parfaite des origines n'avait aucune raison de poser au sujet de cet espace-matière la question du *lieu*, c'est-à-dire du fini et de l'infini. L'homme, conscience de l'univers, personnification de la réciprocité amoureuse de l'Epoux et de l'Epouse, était destiné à vivre éternellement, c'est-à-dire dans l'instantanéité de son affirmation de l'Esprit Saint géniteur.

Libre comme l'omniscience elle-même, l'homme situait l'univers total, la sphère unique et parfaite Mouvement-Espace-Temps-Matière dans le Rien et ne voyait dans cette sphère, dont l'espace intérieur est pur rapport de mobiles, qu'un *état de l'énergie spirituelle*. En vénérant le Divin il adorait sa propre omniscience. Une seule opération lui était interdite, bien qu'accessible de par sa liberté absolue : l'identification avec Dieu de sa connaissance, de son MOI.

Cette opération défendue le tenta. Sa pensée devint aussitôt représentation aberrée d'un espace préexistant, déifié, situé en soi par la démente extension à l'infini du contenant et du contenu. La lumière incorporelle, soleil de la Mémoire, se retira dans la région la plus profonde et désormais inaccessible de son être. L'homme séparé de Dieu, privé de son unité spirituelle, se dédoubla, devint son propre maître et son propre esclave et, déchiré par les tourments de l'orgueilleuse négation, régna misérablement sur une terre marâtre plongée dans la nuit spirituelle sans mémoire.

VERSET 15.

> « *La première pensée de l'homme a été une perception totale de son mouvement : une constatation instantanée et un amour, une ivresse religieuse du rythme* ».

UNE IVRESSE RELIGIEUSE DU RYTHME.

L'enfant qui ouvre les yeux ou, s'il est aveugle, fait n'importe quel mouvement, acquiert en bloc, dans une simultanéité absolue, la connaissance, sensible d'abord, puis intellectuelle, de l'espace-temps-matière. Le sens spirituel de ce verset ayant déjà été exposé à plusieurs reprises, nous nous contenterons d'appeler l'attention du lecteur sur le rôle que la musique et la danse sacrées ont tenu dans toutes les religions. Elles expriment l'acquisition de la connaissance suprême au moyen des divins nombres, dont la source est dans le mouvement de la lumière incorporelle, mère de la lumière physique. La lumière incorporelle est unité indivisible; la lumière physique est unité de vitesse. David dansant devant l'Arche, l'aède Demodocos conduisant les rondes phéaciennes, les courses errantes de Léto figurées à Délos par l'hyporchème des hiérodules, la danse minoènne rituelle des prêtresses de la Déesse-Mère, l'Hymne à Apollon Pythien, péan crétois exécuté sur la cithare et scandé avec les pieds, la rotation magique des derviches, la mimique sacrée des Amauta incasiques, la mitote mexicaine, danse exécutée par une foule immense en cercle autour d'un point fixe pour figurer les chœurs cosmiques gravitant autour de l'unité spirituelle du soleil central mnémonique, les danses rituelles des sauvages actuels, — autant d'exemples, multipliables à l'infini, du symbolisme engendré dans tous les pays et à toutes les époques par la notion de la simultanéité de l'espace, du temps et de la matière dans le Mouvement. Les processions chrétiennes ont la même signification et les flambeaux qu'elles promènent figurent la transmutation de la lumière incorporelle en lumière physique.

VERSET 16.

« *Avant d'atteindre le cerveau, satellite du cœur, et d'y devenir reflet, cette pensée avait été le feu subtil, le jet initial, le secret le plus profond, la vie et l'essence même du sang* ».

LE CERVEAU SATELLITE DU CŒUR.

Nous avons déjà expliqué, dans le commentaire du Verset 1, qu'indépendamment du mouvement de la lumière et de celui du corps, la notion de l'espace était étroitement associée, au plus secret de notre être, à la circulation du sang, et cela, en dépit de l'oubli où ce phénomène demeura plongé jusqu'à l'époque de Michel Servet et de William Harvey. Le sang est proche parent du feu et de la lumière ; au même degré qu'eux, il résulte de la transmutation instantanée de la lumière incorporelle. En se transformant en clarté physique, cette lumière devient également circulation créatrice de l'espace-matière organique (chair). Voilà la raison pour laquelle les savants du Moyen-Age, se remémorant l'unité spirituelle de la matière et assimilant le cœur au soleil, ont basé leur médecine sur la correspondance des humeurs et des astres. Le cœur s'identifiant au soleil, le cerveau devient satellite. Ce n'est pas sa seule couleur qui lui a valu en langage alchimique le nom de luna. Il est lune, parce que c'est en lui que la faculté, ou plutôt la connaissance sensitive qui a son siège dans le cœur et le sang, se réfléchit comme la lumière du soleil et se transforme en connaissance *intellectuelle.*

VERSET 17.

> « *Car le sang est contemporain du fiat. Il est la substance magique de l'impulsion spirituelle première, le mouvement spontané, vivant, des myriades d'univers* ».

CONTEMPORAIN DU FIAT.

Le fiat est la transmutation de la lumière incorporelle en lumière physique. Nous venons d'exposer comment l'apparition du sang s'identifie à cette opération. Issu, de même que l'univers matériel, de la métamorphose instantanée de la lumière spirituelle, le sang est identique à l'univers : l'un est le Macrocosme, l'autre le Microcosme. Comme le sang, l'Univers, dans toutes ses parties, se meut, indépendamment de la loi de Newton, d'une manière spontanée. Voilà pourquoi certains philosophes du Moyen-Age ont considéré l'univers comme un « animal », Saint-Justin n'hésitant pas à assimiler la Création à une émission de semence. Aujourd'hui, l' « hypothèse » du mouvement spontané des mondes est accueillie favorablement par beaucoup de savants, et notamment par M. Langevin. La parenté du sang et de la matière primitive, un des dogmes de l'homéopathie, a joué aussi un certain rôle dans l'intuition remarquable de René Quinton. L'héliothérapie et les méthodes allemandes d'extraction de l'or de l'eau de mer, soulignent vigoureusement les analogies spirituelles qui existent entre le sang, le soleil, la mer et l'or, analogies que la théorie atomique moderne confirme au point de vue général, sans toutefois mentionner le système de correspondances spirituelles dont elles ne sont que la signature sensible et qu'utilisera la médecine alchimique future.

VERSET 18.

« Le sang est une somme des énergies spirituelles manifestées dans la création, cette immatérielle lumière de la vision de beauté et d'amour de Dieu ».

SOMME DES ÉNERGIES SPIRITUELLES.

Issu en même temps que la lumière physique de la transmutation de la clarté incorporelle, le sang non adultéré par la spirituelle prévarication était le sanctuaire de la parfaite mémoire des origines et de la connaissance illimitée des correspondances qui existent entre les deux phénoménismes physique et intelligible. Nous avons montré comment, aujourd'hui encore, la notion du mouvement, inséparable de la circulation du sang même ignorée, nous permet, sans l'intervention d'aucun mouvement extérieur, de reconstituer la simultanéité primitive de l'espace, du temps et de la matière. Une conception vraiment philosophique du rôle des sérum ne manquera pas d'orienter vers les éléments et les produits du sang et des autres humeurs la future recherche d'une panacée. « Le sang est un suc très particulier » (Faust).

VERSET 19.

> « *Le sang est relation première, celle du voyant à la chose vue, partant apparence originelle de mouvement, d'espace-temps, de situation, de lieu* ».

RELATION PREMIÈRE.

Par le mot sang nous entendons la matière cosmique vivante douée d'un mouvement spontané. Le commentaire des versets précédents a déjà établi la communauté d'origine du sang et de la lumière physique émanés d'une même clarté incorporelle. Nous avons dit comment la projection de cette clarté dans le Rien a objectivé l'opposition de l'idée du dedans à celle du dehors. Le mouvement de cette projection a créé la première relation de sujet à objet, de même que la seconde opération, celle de l'émission d'une lumière physique par le point mathématique d'espace-matière a créé la première relation de centripète à centrifuge. Toutes les relations de mobiles imaginables étaient déjà contenues dans la projection de la lumière incorporelle, origine des soleils et du sang : le premier mouvement renfermait toute la loi de la relativité, un espace *absolu* étant incompatible avec la spiritualité de ses origines. Le voyant est le créateur et la chose vue est la création ; le mouvement du sang, contemporain du Fiat et synonyme de lumière, est la relation qui les situe l'un par rapport à l'autre.

VERSET 20.

« *Saisi par le sens visuel intérieur, mnémonique, contemporain de la Vision créatrice de Dieu, le sang revêt l'aspect angélique de l'or qui illumine les profondeurs centrales de la terre* ».

L'OR ET LES RÉGIONS CENTRALES DE LA TERRE.

Ce qui n'est qu'une image chez le poète Frédéric Nietzsche lorsqu'il affirme, en soulignant les mots, que « *le cœur de la terre est d'or* » (Zarathoustra), est, au contraire, chez l'auteur d'ARS MAGNA et des Arcanes, le résultat, confirmé par la géologie, d'une expérience théurgique décrite dans l'Epître à Storge. Le calcul de la densité croissante de la matière des assises et des étages a donné pour la région centrale de la terre un nombre identique à celui de la densité de l'or. Le lecteur nous épargnera les recherches que nécessiterait une citation en consultant les récents travaux consacrés à ce sujet par M. Charles Nordmann. Cet « or central », dont les origines sont solaires, ouvre sur la constitution et l'évolution de la matière cosmique des horizons que les anciens alchimistes n'ont malheureusement fait qu'entrevoir : d'où l'obscurité de leurs allusions au rôle du soleil dans la transmutation. Une étude attentive de leurs merveilleux ouvrages nous a toutefois permis de reconnaître dans la régulation solaire du feu philosophique le principe même de leur art : « Celuy qui est lavé est le serpent Python, qui ayant pris son estre de corruption du limon de la terre assemblé par les eaux du déluge, quand toutes les confections estoient eau, doit estre occis et vaincu par les flesches du Dieu Apollon, par le blond Soleil, c'est-à-dire par nostre feu égal à celuy du Soleil. » (Nicolas Flamel. Le Livre des Figures Hiéroglyphiques.) Et cette charmante et sage recommandation du même Autheur : « La chaleur donc de ton feu en ce vaisseau sera, comme dit Hermès et Rosinus, selon l'Hyver, ou bien ainsi que dit Diomedes selon la chaleur de l'Oyseau qui commence à voler si doucement depuis le signe d'Ariès jusques à celuy du Cancer ». Mais c'est surtout la Lettre Philosophique du Cosmopolite qui nous éclaire de la façon la plus précise et la plus affirmative sur le rôle que l'Art Royal attribuait au soleil dans la régénération et l'action de l'or (de l'or, cela va de soi, *quatrième*) : « ... Et comme Dieu a voulu que les choses supérieures eussent leur image dans les inférieures, il se trouve qu'on en voit une du soleil dans l'or, qui possède les vertus dilatées du soleil, resserrées dans son corps, lesquelles si on les réduit de puissance en acte, ont de quoi rendre largement aux corps imparfaits ou malades, la vertu solaire et vivifiante qui leur manque. Le soleil attire par sa vertu magnétique les esprits les plus purs, et les perfectionne pour les renvoyer par ses rayons, afin de restaurer et faire augmenter les corps des créatures particulières. » Le spectroscope n'a pas, jusqu'à ce jour, décelé d'or dans le soleil. Sans doute pour ce qu'il s'y trouve à cet état « vivant, spirituel », à quoi le voudrait ramener l'homéopathie moderne, laquelle fait grand état de cette matière.

VERSET 21.

« *Car dans la terre comme dans l'homme, le souvenir des origines sommeille impollué; et lorsque sera comblée la mesure de la spirituelle prévarication, ce souvenir s'éveillera pour témoigner contre la fausse science* ».

LA FAUSSE SCIENCE.

Au point de vue psychologique, l'histoire scientifique du dix-neuvième siècle a été marquée par deux grands phénomènes contraires mais également symptomatiques : la résistance opposée par les partisans de la génération spontanée aux expériences probantes de Pasteur, et l'engouement inimaginable suscité par la pensée de Bergson. C'est précisément à l'ampleur de ces réactions que l'on mesure l'étroitesse et la rigidité des cadres où se meut la *sensibilité* médiocre de ce temps. Que sont les superstitions du populaire auprès de celles d'une élite embourbée dans le mécanisme physique ou mental ? N'est-ce pas ce dernier qui est à l'origine de la grossière et funeste illusion qui nous fait apparaître comme une succession et une séparation la simultanéité et l'identité absolues de l'espace, du temps et de la matière dans le mouvement ? Les hommes puissants et les époques véritablement grandes se reconnaissent à ce signe certain que jamais découverte d'une loi physique contraire à la lettre n'a jeté le désordre dans leur esprit. L'enseignement de Galilée n'arrête pas Descartes sur le chemin de Lorette, et ce que l'Eglise attentive redoute, ce n'est pas le texte, c'est le commentaire. Heureusement l'homme est ainsi fait que non seulement sa nature la plus intime mais encore la forme la plus mécanique de son génie le dépasse : il prépare la guerre aérienne, et ce sont ces routes idéales tracées dans le ciel qui feront de la Terre une patrie.

VERSET 23.

« *La première pensée du Roi du monde a donc été une perception intégrale de son mouvement* ».

LA PREMIÈRE PENSÉE.

L'ordre sublime selon lequel s'accomplit l'opération de la nature universelle et terrestre, la connaissance et l'amour exprimés par la signature et le langage de toute chose, cet air de savoir où l'on est, d'où l'on vient et où l'on va, qui est le trait caractéristique du visage du monde, tous ces signes admirables d'une sagesse pleine de confiance me faisaient jadis, au temps de mon enfance tourmentée, apparaître à mes propres yeux comme un monstre enfanté par une mère inconnue et horrible dont je recherchais sans cesse et ne trouvais nulle part la trace. Je me sentais placé si bas dans la hiérarchie des êtres que mes parents selon la chair, eux-mêmes pourtant faibles, agités et dénués de charité véritable, me semblaient descendre vers moi rayonnants ainsi que des divinités puissantes et heureuses que nul lien spirituel n'unissait à mon misérable destin. Je ne sais quelle étrange malédiction pesait sur mon corps et mon âme. Ce qui me donnait surtout de la surprise dans le spectacle que déroulaient devant mes courses errantes les sites merveilleux et sauvages du domaine de mes ancêtres, c'était que toutes ces choses pussent se *mouvoir* avec cette aisance, cette insouciance, cette légèreté. Moi qui me dédoublais en pensée avec Schopenhauer enfant, je n'avais nul souci de rechercher comme lui mon propre tourment dans le cœur des choses, tellement je sentais leur mécanisme extérieur approprié à leur plus secrète tendance. Toute cette belle mobilité, depuis le nuage et la rivière jusqu'à l'oiseau de la vieille allée et la fourmi dans le gazon, était libre et courait où la vie l'appelait. Moi seul, je rampais vers la cité hantée de mon désir avec la lenteur des mousses rongeuses dont les pieds s'enfoncent dans le bois et la pierre. Plus tard, à l'époque de mes jeunes débordements, la même surprise et la même envie me gagnaient devant le naturel, la spontanéité, l'inconsciente maîtrise des mouvements du corps humain emporté par la danse, la course ou le combat. Ce n'est que vers le déclin de la jeunesse que je parvins à pénétrer le sens intérieur de cette interrogation éternelle qui m'obsédait. J'étais le martyr d'une seconde mémoire établie dans mon être comme en pays ennemi ; le jour, la nuit, la tristesse, la joie, l'agitation et le repos, l'exaltation et l'ennui, m'importunaient sans cesse d'une même question que je ne comprenais pas. Un soir, en me heurtant contre un escabeau dans l'ancien marché aux fleurs de la Madeleine, tout à coup j'entrai pour ainsi dire en moi-même. Ce qui me tourmentait de la sorte, c'était, sous les mille masques de l'amour, de la peur, de l'orgueil et du dégoût, un seul et même problème, le problème éternel, insoluble de l'espace. Mais ce n'est que beaucoup plus tard, en 1916, deux ans après les événements relatés dans l'Epître, que je parvins, dans une sensation bien plutôt que dans une pensée, à le saisir hors de toute succession, en pleine simultanéité des trois termes dans le quatrième, le Mouvement. C'en était fait, de l'espace « absolu », du temps « psychologique ». Le but de tout ce qui change de place (et où donc est la chose sans mouvement ?), c'est l'immuabilité du suprême amour, c'est la Foi. La mienne m'attendait au terme de quelle course aride! Je n'avais plus devant moi, en un seul bloc comblant l'espace total, que l'universelle matière : quel destructeur vécut jamais semblable moment ? Je la dévêtis de son mouvement spontané — je tuai cette chose immense et vivante — aucune parcelle de ce Corps unique et parfait ne subsista. Je m'identifiai au Rien d'où le vide et le plein et le temps et le mouvement sont bannis. Et dans ce Rien je reconnus le Lieu de la sainte lumière, abîme de la charité et de la beauté insondables, qu'il m'avait été donné de contempler dans une réalité auprès de laquelle tout le poids du Cosmos n'est qu'illusion. J'étais libre dans mes mouvements : j'avais cessé d'être un or obscur et captif dans la pierre de l'espace infini — j'étais libre en mon unique Maître. Voilà comment m'a été révélée la première pensée du Roi du monde, conscience de son premier mouvement.

VERSET 23.

> « *Et cette première pensée renfermait une somme des connaissances, car le mouvement est une parfaite simultanéité, une absolue identité et une indivisible unité de l'espace, de la matière et du temps* ».

UNE SOMME DES CONNAISSANCES.

L'homme est une triplicité de l'espace, du temps et de la matière instantanément saisie dans l'unité du premier mouvement. Cette instantanéité de la perception initiale est ce que nous appelons pensée : elle est le fondement de toutes les sciences. Le *premier* mouvement est par conséquent l'instantanéité même du monde de l'espace-temps-matière, corps unique indivis. Mais le *deuxième* mouvement, avec lequel apparaît la notion *d'un rapport de mobile à mobile,* rapport créateur de l'espace déterminé ou descriptible, ce deuxième mouvement, en succédant au premier, s'identifie avec le *temps,* dimension de l'espace déterminé ou descriptible. Et c'est à cause que le mouvement s'identifie de la sorte au temps que, par une confusion de notions, certains philosophes substituent à l'idée du mouvement créateur de l'espace celle d'un *temps psychologique* qui, dans leur pensée, se revêt d'un caractère d'absolu dénié par la Relativité à l'espace. Ce qu'ils appellent temps psychologique, c'est le mouvement même auquel nous attribuons une origine spirituelle.

VERSET 24.

« *Prends garde, mon fils, car c'est ici la pierre angulaire, la Pierre Espace-temps-mouvement elle-même* ».

LA PIERRE ESPACE.

Le Sacrifice du Père (génération spirituelle) dont le Crucifiement et le Sang répandu par le Fils (régénération spirituelle) sont la correspondance temporelle, a déjà été décrit dans l'exégèse des versets précédents. Nous nous contenterons ici de le résumer. Feu incorporel, seul situé étant le Lieu même d'avant l'espace, Dieu est identique à sa loi, à sa nécessité, et il s'aime en ce monde archétype qu'il est, car être sa propre loi, sa propre nécessité, cela signifie être Amour. Mais Amour est cela qui se donne, qui sacrifie sa plus intime essence. Le Feu incorporel projette donc dans le Rien, dans ce qui n'est pas lieu mais simplement idée d'un *extérieur*, sa lumière incorporelle (création ex nihilo). C'est le Fiat Lux : la lumière incorporelle (première vision) se transmue par la toute-puissance de l'amour (premier miracle) en un point mathématique d'espace, donc de matière : de ce point elle poursuit sa course sous la forme d'une lumière physique (premier mouvement) dont l'expansion crée l'espace-temps-matière, l'univers de matière manifesté. La lumière spirituelle est l'âme de la lumière physique ; c'est elle qui communique aux soleils leur secret pouvoir vivifiant. En devenant mouvement de la lumière physique, elle produit également le mouvement du sang : dans ce sang créateur de l'espace-temps-matière organique (premier homme) elle est l'âme, le Soleil de la Mémoire perceptible dans la vision mystique fille de la vision de Dieu. En se couronnant roi d'un univers-espace infini, situé en soi par l'extension sans fin (premier péché), l'homme a jeté un voile de ténèbres sur le soleil de sa mémoire : ce premier péché est figuré temporellement par la crucifixion, meurtre de l'Esprit incarné dans la création, ainsi que par l'obscurcissement du soleil physique qui en résulta. L'extinction de la mémoire latente a été accompagnée de celle du premier langage par le moyen duquel l'homme correspondait avec l'esprit omniprésent dans les êtres et les choses (Mythe-souvenir d'Orphée). Ce langage est celui-là même que poètes et artistes recherchent vainement dans les profondeurs de leur être.

L'expansion de la lumière physique, fille de la lumière incorporelle, créa l'espace-matière. Cette création physique, c'est l'Epouse du Cantique, la Féminité de la Manifestation, de la matière cosmique procréatrice fécondée à l'origine en esprit sans le secours d'un premier germe. C'est la Nature universelle et terrestre née de Dieu comme Eve d'Adam.

Toutefois, l'Univers total créé par l'expansion de la lumière physique, l'univers total espace-temps-matière, dans lequel l'espace-temps s'identifie dans le mouvement avec la matière et apparaît conséquemment comme une Pierre unique et parfaite, cet Univers total n'a pas d'autre situation absolue que celle du premier point mathématique dont il tire origine et qui fut formé par la lumière incorporelle dans le Rien.

VERSET 25.

> « *Lorsque l'esprit de pureté et de soumission eut soufflé à Adam nouvellement né de se lever de terre pour bénir la beauté du monde,* L'ANCÊTRE SE SENTIT UNIVERS ».

L'ANCÊTRE SE SENTIT UNIVERS.

En se levant de terre et en étendant le bras dans un geste de bénédiction, Adam embrassa par ce premier mouvement de son corps la simultanéité de l'espace, du temps et de la matière, correspondance et confirmation de l'instantanéité dont la notion était intimement unie au cours même de son sang, frère du mouvement spontané des univers, et comme lui issu de la lumière incorporelle.

VERSET 26.

« *A cause que la vertu magique du premier mouvement lui ouvrait la notion fondamentale, unique et indivisible, de l'espace-temps-matière* ».

VERTU MAGIQUE.

Dans le style intègre, comme dans la pensée juste et la sensation vraie, tout est phénomène, rien n'est image. L'image littéraire est le fard sous lequel se dissimule le visage inexpressif des muses naturelles. La muse divine de la Bible ne prononce pas un mot qui ne corresponde à un objet ou à un fait des trois mondes, c'est-à-dire du monde archétype ou céleste, du monde de la lumière créatrice du point mathématique, ou spirituel, enfin du monde de la lumière physique, ou naturel. Tous les poètes des temps modernes, à l'exception de Dante, de Gœthe et de deux ou trois autres, sont les enfants aveugles des muses naturelles déchues.

VERSET 27.

« *La pensée de l'Ancêtre était donc bien plutôt la pensée de l'Univers que celle de l'homme* ».

BIEN PLUTOT.

Ces mots ne figurent dans le verset 27 que pour marquer l'hésitation (de pure courtoisie) avec laquelle un affirmateur est contraint de communiquer ses vérités les plus simples et les plus sûres à l'élite puérilement sceptique de son temps.

VERSET 28.

« *Par cette pensée, par cette constatation du Mouvement, Adam* SITUA *son mouvement, son être, par rapport au mouvement, à l'être du soleil, des astres, des objets environnants* ».

ADAM SITUA.

Se *situer* soi-même ou situer un objet quelconque, c'est déterminer le rapport du mouvement que l'on est ou qu'est l'objet au mouvement avec lequel s'identifie un autre être ou objet. L'espace, le *lieu,* n'est rien autre chose que la relation d'un mouvement A à un mouvement B. Ce sont ces relations, en nombre incalculable mais fini, qui sont l'espace *intérieur* du Corps unique et parfait par rapport auquel il n'existe pas d'*extérieur* concevable, car cet extérieur s'identifie au Rien d'où le vide est banni comme le plein. Il n'existe que des rapports de partie à partie : le Tout est synonyme d'esprit.

VERSET 29.

« *Car ce que nous appelons pensée n'est à son origine comme aussi plus tard aux divers degrés de son évolution, qu'une constatation et un amour du mouvement, par conséquent une pure détermination de lieu* ».

AUX DIVERS DEGRÉS DE SON ÉVOLUTION.

Les mathématiques, la physico-chimie, l'astronomie, la philosophie, la poésie et l'art en général ne sont que les divers aspects d'une science unique qui a pour but de *situer* toutes choses au moyen de leurs rapports physiques ou moraux. Les civilisations primitives concrétisaient avec une pieuse et charmante naïveté ces *lieux* imposés à la pensée humaine, comme pour bien marquer que le mouvement mental est lui-même créateur d'espaces et de formes : c'est à ces jeux d'enfant d'une insondable sagesse que nous devons les séjours des bienheureux et des maudits, les Arcadie et les Parnasse, les Léthé et les Styx, les Uranie et les Mnémosyne.

VERSET 30.

« *La pensée d'Adam, constatation et amour du mouvement, s'appliqua pareillement à situer toute partie minime ou immense du cosmos dans le rapport du mouvement de cette partie au mouvement d'une autre. Dans cette opération fondamentale, le lieu, l'espace inséparable du temps-mouvement, s'identifiait avec la relation dynamique, et le tout, saisi dans sa simultanéité parfaite, dans son instantanéité absolue, donnait la* MATIÈRE, *magique substance du monde* ».

LA MATIÈRE MAGIQUE SUBSTANCE DU MONDE.

Le mouvement de la lumière incorporelle est unité indivisible. Sa transmutation en mouvement de la lumière physique donne la première unité divisible, matrice de la multiplicité qu'est l'espace total fini et considéré de l'intérieur dans la relation des mobiles. Une même loi numérique de triplicité dans l'unité gouverne nos deux perceptions de l'espace et de l'étendue : mouvement, espace, temps = matière. Longueur, largeur, profondeur = matière. Mais le règne de la Tétrade sacrée embrasse également les éléments constitutifs de chacun des trois composants de la notion de l'espace-matière : cause, effet, fin = mouvement ; longueur, largeur, profondeur = espace ; passé, présent, avenir = temps. En additionnant les éléments constitutifs, nous obtenons le nombre Neuf, ce qui nous donne pour la Matière universelle, Corps unique et parfait, la Décade Parfaite de Pythagore obtenue par un calcul nouveau où n'entre en jeu que le pur principe de la pensée métaphysique isolée de tout mysticisme et fondée sur ses trois éléments : espace, temps, matière, fondus dans l'unité du mouvement. L'espace total, toujours considéré du dedans, emprunte par conséquent à l'étendue ses trois dimensions et s'identifie, comble ou non, à chacune de ses parties déterminées et à leur ensemble. Ces parties elles-mêmes ne se distinguent les unes des autres que par la relation numérique des mobiles qui en font des *corps*, la nature chimique de ces derniers étant déterminée exclusivement par le nombre de leurs électrons.

VERSET 31.

« *Autrement dit, dans la pensée d'Adam l'espace descriptible, c'est-à-dire susceptible d'être situé expérimentalement dans la relation numérique des galaxies, des systèmes, des mondes et des mobiles en général, l'espace descriptible formait avec le mouvement-temps un corps universel unique* ».

UN CORPS UNIVERSEL UNIQUE.

S'il nous était possible de nous placer au centre de l'espace total et d'embrasser d'un regard circulaire le globe universel supposé transparent, sa matière nous apparaîtrait aussi continue que celle d'une sphère de cristal. L'astronomie moderne assimile les espaces interplanétaires non plus à ceux qui séparent les atomes, mais aux champs de gravitation des électrons tourbillonnant autour du noyau dans l'atome même. L'interatomique de l'astronomie nous conduirait par conséquent de notre soleil à un soleil voisin, et il n'est pas exagéré de parler de notre voie lactée comme d'un bloc de matière d'une densité extrême comparable à celle des composants de l'atome et proportionnée à la vitesse moyenne des univers-îles, laquelle est de mille kilomètres à la seconde. Pour ce qui est des distances intergalactiques, qui varient de deux cent mille à cent quarante millions d'années lumière, elles apparaissent incroyablement médiocres, les plus faibles restant inférieures de cent mille années lumière au diamètre de notre voie lactée. La masse totale de l'univers — du Corps unique et parfait — est donc infiniment compacte. Il convient toutefois de ne pas perdre de vue que, dans notre théorie, ces espaces interatomiques sont eux-mêmes *matière*, du seul fait de la simultanéité telle que nous la concevons et indépendamment de l'existence d'un éther. La densité de l'univers apparaît quasi-nulle à la science actuelle, dont les instruments n'ont exploré qu'une minime parcelle de l'espace.

VERSET 32.

« *Ce corps cosmique parfait, cet espace total congelé en quelque sorte en une unité de matière placée en dehors de toute relation dynamique, la pensée d'Adam ne le pouvait imaginer autrement que* SITUÉ DANS LE RIEN, *dans le rien d'où sont bannis le vide et le plein, le mouvement et le temps* ».

SITUÉ DANS LE RIEN.

L'ensemble de ce qui a été tiré du néant ne peut avoir que le néant comme lieu, tout lieu déterminé étant simple relation d'objet à objet. Etre situé dans le rien ne signifie pas être identique à ce rien. La chose dont le lieu est le rien est aussi distincte de ce rien qu'elle l'est de Dieu. Le panthéisme, cette religiosité des négateurs timorés, est tout aussi éloigné de notre pensée que l'athéisme. Le poème des Arcanes est une lumière nouvelle répandue sur le livre intangible de l'orthodoxie catholique. Création de la lumière incorporelle de Dieu, l'univers fini a sa situation unique dans cette lumière ; considéré dans son ensemble, il n'a pour *relation,* en l'absence de tout autre univers, que celle qui lie la matière à l'esprit. Mais quelle autre réalité plus indiscutable pouvons-nous conférer à la substante totale, insaisissable dans ses parties, que de lui assigner une place d'épouse dans la vision insondable de l'époux ? Elle est, et son existence est plus certaine que toute relation de partie à partie : car ne fallait-il pas qu'elle se projetât dans l'idée archétype d'un *extérieur* pour que l'Amour vainquît la Nécessité ? Dieu lui parle, et n'est-ce pas dans ce langage que réside la beauté de toute œuvre humaine, la valeur des serments échangés dans la succession des âges ? Le Logos descend au tombeau et renaît. La présence dans les Ecritures d'un second et troisième sens éclate surtout dans le colloque d'amour du Cantique : le Couple est du Roi et de la Reine, du Christ et de l'Eglise, de Dieu et de l'Universelle Beauté. Mais quelle œuvre, même d'inspiration divine, quel chant de Dante ou de Siméon-ben-Jochaï soupiré dans la crypte sourde de notre ancienne mémoire, nous restituera ce fier et pur langage que Wordsworth poursuivait en vain dans la voix de l'enfance et dont l'alphabet, lui aussi devenu secret, est écrit encore au ciel et sur la prairie ?

VERSET 33.

« *Car le concept d'un espace, d'un vide extérieur, en associant inévitablement ce vide au domaine matériel déjà existant, c'est-à-dire au plan mobile de la relation, n'eût déterminé qu'une addition de substance, une extension à l'infini du corps universel unique* ».

EXTENSION A L'INFINI.

L'identification absurde et criminelle de l'infini avec l'espace et conséquemment de l'éternité avec le temps a faussé le jugement jusqu'à le rendre inapte à se situer soi-même dans son principe, c'est-à-dire à *se penser*. Les œuvres des écrivains les plus renommés foisonnent en calembredaines de l'espèce de celles-ci : « une éternité en arrière, une éternité en avant ». « Par delà l'Infini, l'Infini recommence. » « Quels univers inconnus peuplent encore l'Espace sans fin qui succède à l'Espace, comme le Temps succède au Temps. » En vérité, les arrière-petits-enfants auront toutes les raisons du monde, en nommant notre époque, de rougir jusqu'au blanc des yeux. Lamarck, Darwin et Haeckel commettaient une erreur sacrilège en assignant à notre race des origines animales, mais Nietzsche n'avait pas tout à fait tort de traiter de singes ses contemporains. Les mystiques seuls ont possédé de l'espace et du temps une notion précise et saine. Emmanuel Swedenborg n'assimile pas l'infini à une succession éternelle d'espaces, il en parle comme d'une *origine spirituelle* de l'espace : « l'espace et le temps sont sortis, avec l'univers lui-même, de l'immensité et de l'éternité. Ils ont été *introduits* dans le monde afin *que les objets pussent être distingués les uns des autres. Dans l'immensité et l'éternité, il n'existe ni espace ni temps.* » (La Vraie Religion Chrétienne, 27, 29, 31). Cependant, la pensée puissante et pieuse du génie universel impudemment pillé par les sommités scientifiques des deux derniers siècles (consulter à ce sujet l'ouvrage remarquable de Rodolphe-Léonard Tafel), la pensée du plus grand des théurgistes n'a pas été apte à s'élever jusqu'au concept de la simultanéité physique, origine de la relativité universelle. Et pourtant, la voie qui y conduit est aisée et directe. Admettons, pour un instant, l'existence d'un espace infini. Cet espace infini, nous ne pouvons tenter de le concevoir que par les moyens mathématiques. Pour ce qui est de son unité, nous ne parvenons à nous en former une image idéale qu'au moyen d'une multiplication éternelle par lui-même. Nous arrivons de la sorte à une infinité d'infinis que nous transformons en un infini unique, non pas par la puissance de notre pensée, mais par une abdication de notre effort. Faisons maintenant machine arrière et recourons à la division pour saisir cet infini dans ses parties. Nous savons aujourd'hui que le proton lui-même est sécable : combien plus de raisons avons-nous de penser qu'il en doit être de même de l'espace total. Divisons donc, et que ce soit par le premier nombre pair : si nous obtenons une motié d'infini, elle sera déjà quantité déterminée qui, ajoutée à l'autre moitié, nous donnera un infini *déterminé,* donc fini. Divisons à présent l'infini par l'infini — nous obtiendrons une *infinité* déterminée, donc finie. Que résulte-t-il de ces opérations absurdes ? Que l'espace infini, l'usurpateur du Trône de l'Unité spirituelle, *n'est pas sécable. L'espace infini n'a pas de parties.* Comblons de matière cet infini : la matière universelle n'a plus de parties, le problème demeure inchangé. La matière devient indéterminée ; or, c'est le Lieu que nous cherchons. Si l'espace infini n'a pas de parties, comment imaginerons-nous dans son sein un univers de matière fini ? Cet univers ne sera-t-il pas partie de ce qui n'a pas de parties ? Ne sommes-nous pas contraints, par une logique qui n'est plus de notre petit monde, de formuler la loi suivante : Toute partie de l'infini est infinie en soi ? Notre univers de matière, partie de l'espace infini, est donc infini en soi. *Il n'a pas besoin d'être étendu à l'infini par notre pensée pour trouver son lieu. Il est infini en soi comme partie, il comble le Tout,* mais *ce Tout n'a plus besoin d'être étendu à l'infini en pensée.* Nous dirons donc que notre espace de matière est simplement illimité et situé en soi sans contenant, la question de l'infini sans parties n'ayant plus de raison d'être. Notre univers illimité (et nous lui donnions déjà ce nom en 1916 dans l'Epître à Storge parue le 1er janvier 1917 dans la Revue de Hollande), notre univers illimité est donc l'espace en soi, sans aucun espace contenant extérieur, puisque, partie de l'infini, il est infini en soi, autrement dit illimité, *non-limité par un espace extérieur.* Son lieu unique n'est donc pas de la nature des contenants, mais des immanents. *La question du fini et de l'infini ne se pose pas à son sujet :* matériel tant qu'on le considère de son intérieur sécable, descriptible dans les relations d'objet à objet, de mouvement à mouvement, il est en soi spirituel, il est en soi lumière incorporelle de Dieu projetée, par un pur acte d'amour, dans l'idée type d'un *extérieur.* L'univers est une Vision de beauté et d'amour de l'Unique Voyant — malheur à celui-là qui en fait une divinité monstrueuse de matière étendue à l'infini ou située dans un absurde vide sans fin.

VERSET 34.

« *La pensée d'Adam savait aussi qu'une illusion d'immobilité, revêtant l'aspect d'une absence de mouvement d'ensemble de la chose, s'attache à une multitude d'objets pourtant doués, comme les astres leurs pères, d'une pluralité de mouvements; car toute chose est substance cosmique emportée par le torrent du sang universel* ».

LE TORRENT DU SANG UNIVERSEL.

Nous avons identifié le mouvement universel, intérieur et spontané du Corps unique à celui du sang. C'est là le mouvement du Macrocosme et du Microcosme engendrés par le premier mouvement d'une seule et même lumière incorporelle. Mais à l'intérieur mobile du Corps unique immobile, puisque non-environné d'espace, le mouvement universel se décompose en une série de mouvements dont les nombres varient suivant qu'ils s'attachent aux corps organisés ou non organisés. Dans l'état actuel de nos connaissances, le nombre de mouvements applicable à l'homme, à l'exclusion du glissement encore hypothétique des continents de la théorie de Wegener, serait de neuf : gravitation de la galaxie, du système solaire, de la planète ; rotation de cette dernière ; tourbillonnement des électrons, circulation du sang et phénoménisme organique lié à celle-ci, mouvement du corps et des membres, croissance, enfin constatation du mouvement ou pensée. Si nous ajoutons à ce nombre le mouvement global qui nous conduit de la naissance à la mort, nous obtenons une fois de plus le fameux triangle décadique. Pour ce qui est des corps inorganiques, force nous est de leur refuser tout au moins celui des mouvements dont l'absence les fait paraître immobiles à nos yeux, bien que, dans la théorie de Schopenhauer, tout mouvement *communiqué soit lui-même le signe d'une volonté intérieure de mouvement.* Quoi qu'il en puisse être de l'immobilité du corps inorganique, en elle nous révérons intuitivement la correspondance de l'*Immobilité en soi,* c'est-à-dire de l'immobilité du Corps unique et parfait non environné d'espace, *partie infinie en soi de l'infini et n'ayant plus besoin d'être située au moyen d'une extension sans fin.* Les divers cultes de la pierre, en commençant par le néolithique, le symbolisme de la pierre angulaire, ainsi que l'adoration des arbres sacrés, répandue depuis l'Océanie jusqu'à Dodone et au monde indo-européen tout entier (voir Domeni de Rienzi et Chamisso) semblent recéler sous leurs interprétations innombrables cette réminiscence d'une omniscience primitive perdue.

VERSET 35.

« *Cette apparence d'immobilité, cette impression du rien dans la chose frappait la pensée d'Adam de respect et de crainte. Et Adam bénissait les arbres et les pierres* ».

ARBRES ET PIERRES.

Loin de nous la pensée d'attribuer une idolâtrie quelconque à Adam qui entendait le langage de Dieu effacé de notre souvenir et recherché vainement, ainsi que nous l'avons observé plus haut, par nos poètes. Il ne bénissait pas la matière des arbres et des pierres, mais la spiritualité de la Création, du Corps unique, dont l'immobilité de la pierre et de l'arbre est la mystique empreinte. De tous les êtres et de toutes les choses de ce monde, seul le palmier sacré avait sa représentation picturale sur les murs du Temple de Salomon. Quant aux pierres devant servir à la construction du sanctuaire, il était interdit de les soumettre au contact du fer, ce qui doit être rapproché de la prohibition pythagorique touchant le feu.

VERSET 36.

« *Mais quant à assigner un lieu à l'ensemble du monde, quant à faire la somme de tous ces mouvements situés dans leur seule relation, la pensée d'Adam, étant celle de l'univers, ne s'y arrêtait jamais* ».

LA PENSÉE D'ADAM.

Le commentaire des versets précédents nous dispense de nous étendre sur le sens spirituel de la strophe 36. Assigner un Lieu à l'ensemble du monde, c'est opérer la projection de la lumière incorporelle dans l'idée-type d'un extérieur : ce premier mouvement, auquel Faust fait allusion dans le vers admirable : « Im Anfang war die Tat » (au commencement, il y eut l'acte), ce premier mouvement s'identifie à la toute-puissance divine. Le secret de l'opération est parfois dévoilé au mystique après des années de souffrance, de méditation et de prière. Toutefois, la projection effectuée par le théurgiste n'est que l'image de l'Acte, et bien que la netteté, la réalité de l'image surpasse celle de tous les objets du monde sensible, elle n'est cependant pas comparable à la réalité de l'Acte lui-même. Adam possédait le secret. Le lieu spirituel du monde lui était accessible sans aucune épreuve préalable. L'idée d'une situation *physique* de l'univers total ne pouvait donc aucunement se concilier avec la première nature, toute de sagesse et de soumission. L'explication de la chute sera donnée aux versets correspondants. Ajoutons cependant que la projection effectuée théurgiquement passe par toutes les phases essentielles de la régénération du minéral et aboutit à la formation spirituelle de l'or féminin de l'alchimie juive : c'est là l'origine phénoménale du « mythe » de l'Age d'Or.

VERSET 37.

« *Car l'univers total n'est pas un lieu. Comme dans le temps la veille et le sommeil, ainsi dans l'instantanéité l'ensemble de l'univers n'est qu'un état situé dans sa seule opposition spirituelle au rien, au rien d'où sont bannis le vide et le plein, le mouvement et le temps. Dans l'esprit du Juste, l'espace total, univers non situé, l'espace total, pure vision de beauté et d'amour de Dieu, l'espace total était abso-*

lument étranger à toute intuition de l'infini. L'espace, étant matière, ne pouvait pas, dans la pensée du Juste, être haussé jusqu'à ce plan archangélique où trône dans l'insubstantielle lumière l'idée immuable de l'infini ».

L'IDÉE IMMUABLE DE L'INFINI.

Notre idée véritable, non adultérée de l'infini, s'identifie avec le plus profond et le plus pur de notre être et n'est rien autre chose que l'idée de la connaissance que Dieu a de soi-même. L'idée de l'infini est celle de la conscience de Dieu. Ce que Dieu aperçoit en se penchant sur sa conscience, c'est cela, l'infini. La théurgie véritable, celle de la grâce, celle qui prie et attend sans rien chercher, sans rien espérer des vains et sacrilèges simulacres de l'analogie, cette théurgie-là peut nous donner une faible image de ce que Dieu voit en nous, elle est impuissante à nous en offrir une de ce que Dieu voit en Dieu. Le buisson ardent, ce n'est que Dieu vu par Dieu en Moïse, ce n'est pas Dieu vu par Dieu en soi-même. Ce que Dieu voit en Dieu, je ne veux pas, je ne veux pas le voir, ni le connaître. Et quand même ce cri de mon âme se retournerait contre mon âme comme l'épée du gardien de la porte, je ne veux pas, je ne veux pas voir, je ne veux pas connaître. — « Respect, Respect, Respect. » (Wilhelm Meister.)

VERSET 38.

« Mon fils, je sors d'un songe absurde et terrifiant ».

SONGE ABSURDE ET TERRIFIANT.

Histoire politique, sociale, scientifique et littéraire de l'humanité, cauchemar dominé par une obscure idée fixe, une question sans réponse : « Que suis-je ? » La première interrogation du dormeur délivré de ses obsessions infernales sera : « Où suis-je ? » A rapprocher du principe scientifique de Goethe : « il ne s'agit pas de connaître le *pourquoi* mais le *comment.* »

VERSET 39.

> « *Je me donnais la chasse à moi-même et ne parvenais pas à me saisir* ».

Adam, le Seigneur Notre Liberté, a mué l'infini, c'est-à-dire son idée de la connaissance que Dieu a de soi-même, en un espace sans fin, résultat éternellement fuyant d'une multiplication sans répit : Adam a perdu sa propre trace dans les ténèbres universelles consécutives à l'extinction du Soleil de la Mémoire.

VERSET 40.

> « *Les deux états que j'étais, mon sommeil et ma veille, ma vie et ma mort se poursuivaient et n'arrivaient pas à se joindre, parce qu'il n'y avait pas de* LIEU ».

IL N'Y AVAIT PAS DE LIEU.

Dans un univers de matière étendu à l'infini il y aurait place pour tout, hormis pour le lieu.

VERSET 41.

> « *Quand tout à coup, au paroxysme de l'universelle terreur, je sentis* QUE JE GAGNAIS DE VITESSE MON SOUVENIR. *Au même instant, j'abjurai à jamais, devant le rien primordial, tout souci de réalité* ».

RÉALITÉ.

Il s'agit ici de la réalité du monde matériel situé en soi par extension. Pour une pensée qui ne s'attache qu'aux objets sensibles, la question de la réalité ne se pose qu'en corrélation avec ces objets. Il en résulte une détermination de lieu par multiplication sans fin. L'exemple le plus frappant de cette aberration universelle des idées nous est offert par le prodigieux poète mais détestable métaphysicien Edgar Allan Poë. L'auteur immortel d' « Ulalume », de « Silence », du « Dialogue entre Monos et Una », de « Pour Annie », de « Helen » — je m'arrête, car quoi de plus déplacé que ces citations empruntées à une œuvre dont l'ensemble constitue un monument littéraire unique, incomparable parangon de poésie pure, — le grand Irlandais nous a laissé un testament métaphysique, « Euréka », qui est indubitablement, de tous les ouvrages dignes d'un autodafé, le plus faux et le plus pernicieux. Il se dégage toutefois de ce livre un enseignement que nous recommandons à la méditation de notre époque égarée : la multiplication sans fin ne s'arrête pas à l'espace ; elle ose se frayer un passage jusqu'à Dieu pour nous offrir le spectacle d'une prévarication irrémissible : « J'incline à imaginer — pour ne pas faire usage d'un terme plus affirmatif — qu'il existe une succession *illimitée* d'univers, plus ou moins semblable à celle dont nous avons connaissance, — à celle dont à travers les âges nous aurons connaissance, à *l'exclusion de toute autre,* pour le moins jusqu'au retour à l'unité de notre propre univers. Cependant, si de semblables archipels d'univers existent — *et ils existent certainement,* — il est évident que, n'ayant eu aucune part à nos origines, ils participent tout aussi peu à nos lois. Entre eux et nous, aucune attraction réciproque. Leur matière et leur esprit ne sont ni les nôtres, ni ceux que l'on trouve dans n'importe quelle partie de notre Univers. Ils ne peuvent impressionner ni nos sens, ni nos âmes. Entre eux et nous — « nous » pris dans le sens global, collectif, — aucune influence mutuelle. *Chacun de ces univers existe séparément et indépendamment dans le sein de son propre Dieu particulier.* » (Euréka. Œuvres d'Edgar Allan Poë éditées par John H. Jngram. Volume III. Londres A. et C. Black, Soho Square,

1901. Page 164.) Quelle imagination ! Mais quelle infamie spirituelle ! Edgar Poë n'était pas un dément. Sa pensée, douée de pouvoirs presque surhumains, était beaucoup plus saine que celle de ses détracteurs. Hélas non. Edgar Poë n'était pas un dément : c'était un *maudit* dans toute l'acception chrétienne du mot. Mais comme il a trouvé le pire des enfers dans sa patrie américaine — paix à son âme de poète.

VERSET 42.

« *La première pensée d'Adam avait été une perception intégrale du mouvement : dans le cœur et les artères du Roi courait la lumière totale du monde* ».

LA LUMIÈRE TOTALE DU MONDE.

La première pensée d'Adam a été une constatation de son mouvement. De ce mouvement la notion primitive se confondait avec la circulation même du sang. Mais le sang provenait, avec la lumière physique créatrice du monde, de la transmutation de la lumière incorporelle : la lumière totale de l'univers courait donc dans le cœur et les artères du Roi.

VERSET 43.

« *Adam était la souveraine mémoire. Tiré de la substance cosmique, il se rappelait le cri de sa magique naissance, semblable au rire solaire du plomb mué en or* ».

MÉMOIRE.

Cette lumière totale était une mémoire absolue de l'origine spirituelle de l'univers, lumière physique et sang, Macrocosme et Microcosme. Le sang, frappé par le rayon mnémonique intérieur, se métamorphose en or. L'auteur des Arcanes a assisté à cette transmutation. Il n'est pas de désir si pur, si élevé, si ardent sur cette terre, dont la réalisation inespérée puisse engendrer une joie comparable à celle de la régénération simultanée de l'esprit et du minéral, ce dernier figurant, en l'occurrence, la « perfection de la restitution » de la Nature tout entière.

VERSET 44.

« *Toutes les opérations du Roi s'ouvraient par l'affirmation fondamentale : je suis en celui qui est, car ce qui me sépare de l'être est le rien.* »

LE RIEN.

Je suis le Roi d'un monde issu avec mon sang de la transmutation de la lumière incorporelle ; mon lieu unique (et celui du monde soumis à ma loi) est donc le rien dans lequel Dieu a projeté cette lumière. *Mais ce rien est l'idée-type d'un extérieur :* c'est à cause de ce seul rien que je suis extérieur dans l'idée de Dieu. Néanmoins, le rien n'est qu'une absence d'espace, de temps, de matière et de mouvement. Je suis donc en celui qui est.

VERSET 45.

« *La notion sainte du rien m'a été donnée afin que je sache que le seul rien me sépare de celui qui est et en qui je suis* ».

LA NOTION SAINTE DU RIEN.

Sainte, à coup sûr, car elle nous sépare de Dieu pour l'adoration, et nous identifie à Dieu pour l'union. Nous avons déjà dit, dans le commentaire du verset précédent, que l'idée du rien est cela qui sépare et réunit.

VERSET 46.

« Le rien est le mot de reconnaissance des Nobles Voyageurs. C'est l'entrée et c'est l'issue du labyrinthe. »

LES NOBLES VOYAGEURS.

C'est le nom secret des initiés de l'antiquité, transmis par la tradition orale à ceux du Moyen-Age et des temps modernes. Il a été prononcé pour la dernière fois en public le 30 mai 1786, à Paris, au cours d'une séance du Parlement consacrée à l'interrogatoire d'un accusé célèbre, victime du pamphlétaire Theveneau de Morande. Les pérégrinations des initiés ne se distinguaient des ordinaires voyages d'études que par le fait que leur itinéraire coïncidait rigoureusement, sous ses apparences de course aventureuse, avec les aspirations et les aptitudes les plus secrètes de l'adepte. Les exemples les plus illustres de ces pèlerinages nous sont offerts par Démocrite, initié aux secrets de l'alchimie par les prêtres égyptiens et le mage Ostanès, comme aux doctrines asiatiques par ses séjours en Perse et, selon quelques historiens, aux Indes ; Thalès, formé dans les temples d'Egypte et de Chaldée ; Pythagore, qui visita tous les pays connus des anciens (et très vraisemblablement les Indes et la Chine) et dont le séjour en Perse fut marqué par les entretiens qu'il y eut avec le mage Zaratas, en Gaule par sa collaboration avec les Druides, enfin en Italie par ses discours à l'Assemblée des Anciens de Crotone. A ces exemples il conviendrait d'ajouter les séjours de Paracelse en France, Autriche, Allemagne, Espagne et Portugal, Angleterre, Hollande, Danemark, Suède, Hongrie, Pologne, Lithuanie, Valachie, Carniole, Dalmatie, Russie et Turquie, ainsi que les voyages de Nicolas Flamel en Espagne, où Maistre Canches lui apprit à déchiffrer les fameuses figures hiéroglyphiques du Livre d'Abraham Juif. Le poète Robert Browning a défini la nature secrète de ces pèlerinages scientifiques dans une strophe singulièrement riche d'intuition : « Je vois mon chemin comme l'oiseau sa route sans trace ; quelque jour, Son jour d'heur, j'arriverai. Il me guide, Il guide l'oiseau. » — Les années de voyage de Wilhelm Meister ont la même signification initiatique.

VERSET 47.

« *Cette notion du rien, d'où me vient-elle, à moi qui suis mouvement, partant espace, temps, matière ?* »

LA NOTION DU RIEN.

Cette notion ne doit pas être confondue avec celle du vide même « absolu ». Le rien métaphysique est une absence totale de mouvement, par conséquent d'espace, de temps et de matière. Le vide, au contraire, est une densité idéale extrême de la substance, et c'est là le concept intuitif qui, dans la dispute des partisans du vide et de ceux de la « matière subtile » a gouverné la pensée des uns et des autres, car les premiers identifiaient philosophiquement l'espace avec la matière dans le rapport de localisation qui les unit, et les seconds dans la simultanéité de leur apparition, par une voie plus scientifique. Dans le fond, toutes les divergences d'opinions, quel que soit le domaine où elles se manifestent, sont plutôt des témoignages psychologiques que des indices rationnels. Les itinéraires de toutes les connaissances sont tracés sur les vieilles tables d'or de la mémoire et un voyage d'exploration extérieure quelconque doit commencer par un acte de foi dans le lieu consacré du labyrinthe, cet acte ne devant, au surplus, jamais être pris pour un signe de *possession*, mais seulement de *désir* de la foi. Voilà pourquoi il n'est pas d'excuse à l'incroyance de parti-pris qui refuse *l'expérience* de la prière.

VERSET 48.

« *Moi la chose, comment m'y suis-je donc pris pour arracher de mon idée du rien le grand sceau funèbre du vide noir et glacé ?* »

LA CHOSE.

La chose par excellence : puisque, tirant origine avec le Macrocosme lui-même de la lumière incorporelle, je suis le corps parfait créé par le mouvement du sang, tout comme l'univers est le corps parfait créé par le mouvement de la lumière physique. Il convient de ne jamais perdre de vue, en nommant cette dernière, qu'elle est transformable en électricité et que, de cet état de la matière, elle retourne à celui de lumière.

VERSET 49.

« *Car l'Eau corporelle espace-temps n'a pas été versée avec le fiat dans le récipient d'un vide antérieur. La Pierre espace-temps n'a pas été lancée dans un vide préexistant* ».

EAU, PIERRE.

Les deux termes désignent, figurativement, une seule et même chose, savoir l'univers total, le corps unique et parfait, tout mouvement dans ses parties intérieures d'espace-matière, et immobilité absolue dans son ensemble situé non pas dans un vide mais dans la lumière incorporelle projetée dans le Rien.

VERSET 50.

« *Le vide est espace. Or l'espace même privé d'éther est une matière inséparable de quelque sorte de mouvement identique au temps. Le vide ne pouvait donc pas apparaître sans qu'apparussent dans le même instant les univers* ».

MOUVEMENT IDENTIQUE AU TEMPS.

Dans le mode de penser abstrait, il faut surtout se garder de perdre de vue que la relation est la loi fondamentale de tout phénoménisme et qu'il n'est forme de relation qui ne se laisse ramener à un simple rapport de situation, donc de mouvement. Loin de limiter le domaine de cette loi par ses dernières découvertes, la science l'a étendu à la molécule, à l'atome, aux composants de ce dernier et, par la divisibilité du noyau, jusqu'aux éléments des composants. Il n'est donc hypothèse si logique à première vue qu'on ne doive tout d'abord éprouver au moyen de la pierre de touche d'une loi qui, dans le plus grand comme dans le plus petit, marque la parenté étroite entre le sujet et l'objet, que ce dernier soit valeur concrète ou abstraite. Quelle serait donc la situation du vide que l'opinion vulgaire estime commode d'adopter pour y placer le monde? Cette situation serait déterminée par l'opposition (seule imaginable) du vide infini à sa partie comblée, ou plutôt au mouvement de cette partie, c'est-à-dire à l'espace-temps intérieur donné par le rapport des mobiles. Notre pensée, constatation et amour du mouvement, étendrait donc immanquablement ce plan intérieur de la relation, de l'espace-temps, au vide extérieur. Mais l'espace-temps, dans son ensemble, s'adapte aux trois dimensions de chacune de ses parties. Le vide extérieur indissolublement associé dans notre représentation au Corps unique, s'approprierait par conséquent les trois dimensions de ce Corps d'ailleurs situé en lui : or, les trois dimensions s'identifiant avec *l'étendue* (laquelle est matière chez Descartes), notre vide extérieur nous imposerait inévitablement la représentation d'un Corps étendu à l'infini, et nous rejetterait dans l'abîme de mélancolie de la multiplication et de l'extension, origines de tous les maux du genre humain et de la nature universelle. L'impératif catégorique n'a aucune part à la marche de nos idées. Nous inclinons plutôt à admettre l'absolue identité des fins de la science et de la morale. L'idée de l' « invariant » et la préoccupation de l' « immobile » rapprochent incessamment la première de la seconde : de là à se fondre dans le concept d'une origine purement spirituelle du mouvement, la distance n'est pas grande. Le jour où elle sera franchie, nous respirerons enfin dans un univers dont les apparences matérielles nécessaires n'auront subi aucune modification, mais dont la *réalité* tant désirée nous sera donnée par son Lieu, inimaginable en dehors de la lumière incorporelle et du feu divin qui la répand : à cause que rien n'est, hormis le Voyant et la Vision ; c'est ce que s'efforce d'exprimer le

VERSET 51 :

« *Mon lieu unique est en celui-là qui a soufflé dans le Rien le mirage d'extase de la Beauté du Monde* ».

VERSET 52.

« *O Hiram, ce rien dont l'immobilité de l'inorganique est l'hiéroglyphe muet, ce rien, quel vide le saurait combler ?* »

ENCORE LE RIEN.

Idée type d'un « extérieur » dans laquelle le feu ineffable projette sa lumière incorporelle, le rien, devenu (par la transmutation de cette lumière en premier mouvement physique)

point mathématique géniteur de l'espace-temps total, le rien dont tout objet immobile *dans son ensemble* porte l'empreinte, le rien, quel infini de vide le saurait combler ?

VERSET 53.

> « *C'est une eau spirituelle, insubstantielle, primordiale ; c'est en elle, transmuée en sang, mouvement et pensée, que nous apercevons l'espace total, pure apparence, l'espace total, matière à coup sûr et cependant plus illusoire que l'image, renversée dans une eau corporelle, de l'étendue bornée* ».

IMAGE RENVERSÉE DANS UNE EAU CORPORELLE.

La pensée et l'image (que l'on soit contraint de recourir à cette dernière !) sont ici on ne peut plus claires. Quoi de plus réel que la réflexion d'un site, avec son ciel, ses nuages, son étendue, ses arbres et son sol, dans une eau limpide ? Là, la hauteur aérienne s'identifie à la profondeur aqueuse et devient compacte. Et pourtant, l'image est moins réelle que l'objet. Prenons maintenant cet objet lui-même, ce site réel, et, par extension, tous les sites de l'univers, c'est-à-dire l'univers tout entier, l'espace total. Certes il est réel, il est la matière même ; mais cette matière n'est qu'une réflexion dans le rien, idée-type d'un « extérieur », de la lumière incorporelle, réalité unique qui s'y transmue, comme nous avons dit, en ces deux apparences pondérables que sont la lumière physique et le sang. « Pondérable » semble bien être le terme propre, puisque notre planète reçoit cinquante-huit mille tonnes de lumière par an.

VERSET 54.

« *C'est un miroir idéal que l'esprit se présente à soi-même afin que sa beauté lui apparaissant librement et comme du dehors, l'amour soit exalté au-dessus de la loi* ».

L'EXALTATION.

La connaissance que Dieu a de soi-même, cette confirmation intérieure du Divin dont ni la vision d'Ezéchiel ni celle de la Forme Universelle de la Bhagavad-Gîtâ ne peuvent donner la plus faible idée, renferme à l'état idéal d'archétype l'Univers non manifesté. Aussi longtemps que l'univers demeure en cet état, Dieu reste identique à la loi de sa propre nécessité : il n'est pas soumis à cette loi, il est cette loi, car une loi qui s'imposerait à Dieu aurait pour origine une nécessité qui serait le Dieu véritable. Identique à la loi de sa propre nécessité et portant l'univers non manifesté dans son sein, Dieu, source de toutes les idées, est aussi le siège de celle d'un « extérieur » archétype. C'est dans cette idée d'un extérieur, idée qui, de par son antériorité et du point de vue de l'existence matérielle, est le Rien, que Dieu, feu spirituel inconcevable, projette la lumière incorporelle créatrice du point mathématique espace-temps. L'univers, sous sa forme de Beauté, d'Epouse, apparaît au Divin comme du dehors dans son vêtement de lumière physique et transformable en électricité, essence des corps. Le Dieu de l'omniscience se transmue de la sorte, dans un premier renoncement à l'Unité indivisible parfaite, en un Dieu d'universel sacrifice et d'indicible amour. Je ne crains même pas de dire que, par ce premier acte, Dieu attente à une perfection, celle de son Unité indivisible et spirituelle, car la loi est pure de toute finalité, alors que l'amour se poursuit sans répit soi-même... Mais pour comprendre ces choses, il faut d'abord se donner à la folie de l'amour, laquelle se manifeste au moment précis où, soit par pitié, soit par passion, l'Homme adresse la parole aux quatre murs.

VERSET 55.

« *C'est là le premier sacrifice, celui qui a élevé l'Etre — j'entends l'Etre qui est sa propre loi unique, celle d'être et rien de plus — oui, c'est là le premier sacrifice qui a élevé l'être par dessus sa propre* NÉCESSITÉ ».

PREMIER SACRIFICE.

Premier, deuxième, dernier, éternel, — autant de mots vides de sens. La réalité est hors du temps et de l'espace, — hors de l' « espace-temps ». Elle est dans l'identité de l'objet et de l'image, du feu et de la réflexion de sa lumière dans le rien. Le « premier » sacrifice se confond, dans l'instantanéité, avec le « deuxième », celui de Notre-Seigneur Jésus-Christ, Verbe éternel.

VERSET 56.

« *A cause qu'il n'est pour l'Etre de liberté que dans l'abandon de sa plus secrète essence. Par cet abandon, la loi devient amour* ».

LIBERTÉ.

Humainement : chez le barbare, celle de prendre, et surtout de détruire. Chez le civilisé, celle de créer et de donner. Dans l'ordre social, c'est la recherche d'une organisation assurant le don mutuel : le communisme inséparable, chez les civilisés, de la Monarchie de droit divin. Régime quéchua de la culture obligatoire des terres du Soleil, de celles des veuves, des orphelins, des infirmes, des particuliers, enfin des domaines de l'Inca. Régime égyptien du Nouvel Empire, dans lequel le gouvernement se réservait le commerce international et laissait aux particuliers le seul commerce intérieur. Expérience perse de Mazdek sous le Roi Kavâdh, en 488 : communauté des biens et des femmes, abolition de tous les privilèges. Nous ne citons ces tentatives politiques et sociales qu'en corrélation avec notre théorie de la mémoire obscurcie depuis l'âge d'or de la Révélation, époque que caractérisait vraisemblablement une structure sociale à base de communisme et de monarchie théocratique dont l'emblème, l'Abeille (Reine et dans le même temps sorte de Déesse-Mère, aujourd'hui encore image vivante du Matriarcat naturel et de la Féminité de la Manifestation), dont l'emblème, dis-je, était encore, sous le nom de « biti », porté également par le Roi, celui de la Royauté en Basse-Egypte à l'époque archaïque. Ainsi donc, le Roi historique de l'Egypte d'il y a cinq mille deux cents ans porte encore le titre de Biti, Abeille, et il a cet insecte pour emblème. L'analogie s'étendant à la Monarchie elle-même, nous obtenons le communisme matriarcal de la Ruche. Ajoutons encore que c'est vraisemblablement par association avec la liliacée de la Haute-Egypte, l'abeille des jardins et celle de la monarchie contemporaine et amie du Delta, que l'Egéide minoénne a pris pour emblème de la royauté le Lys, adopté plus tard par les Capétiens, comme l'abeille l'avait été par les Mérovingiens.

VERSET 57.

« *Ainsi apparut la Beauté libérée et libératrice. Afin qu'au dessus de la nécessité de la loi resplendît le sacrifice libre de l'amour* ».

LE SACRIFICE LIBRE.

Connaissons-nous une autre liberté que celle du sacrifice ? Le Père crée l'univers pour que la loi de nécessité qu'il est se transmue en amour, pour que la sainte beauté l'appelle du dehors. Le Fils donne son *sang,* comme le Père a répandu sa *lumière,* afin que la postérité de l'homme criminel rentre dans la possession de ses droits, afin que l'Adam régénéré renonce à l'espace infini, son royaume de ténèbres, et, se pénétrant de l'identité du sang et de la lumière physique dans le premier mouvement de la clarté incorporelle, situe l'univers uniquement dans cette clarté. Toute destinée vraiment grande est, dès cette vie, un sacrifice. On parle sottement de l'égoïsme d'un Bonaparte, de la soif de domination d'un César, de la folie de conquêtes d'un Alexandre. Certes, l'ambition était un des aiguillons de leur activité. Mais la grandeur de leur sacrifice, accusée par la tragédie de leur fin, appelle l'amour plutôt que la réprobation, et, sans pour cela nous laisser aller à l'imitation des Carlyle et des Auguste Comte, nous agirions sagement en dédiant dans notre labyrinthe un autel discret aux héros et martyrs de l'unification des continents et du monde, unification qui a été si noblement, si magnifiquement, si saintement exaltée par Lamartine dans sa Marseillaise de la Paix.

VERSET 58.

> « *Ainsi jaillit dans l'instantanéité du fiat, comme par l'effet d'une totale transfusion, la libre beauté, le lieu spirituel de la bénédiction, la relation première, celle du Beth à l'aleph* ».

LA RELATION DU BETH A L'ALEPH.

Dans la « Lettre créatrice » du juif Siméon-ben-Jochaï (le plus beau poème de ce monde), Dieu crée l'univers par le moyen de la lettre beth, parce qu'elle est l'initiale du mot dont on se sert pour le bénir (Baroukh, béni soit). En effet, la première lettre des Ecritures est le beth, initiale de Bereschit. Mais à la lettre aleph, la première de l'alphabet, et qui en l'occurrence se *sacrifie* et se soumet au beth (c'est-à-dire à la manifestation), le Saint, béni soit-il, adresse ces divines paroles : O Aleph, Aleph, bien que ce soit la lettre Beth dont je me servirai pour faire la création du monde, tu seras la première de toutes les lettres, et je n'aurai d'unité qu'en toi ; tu seras la base tous les calculs et de tous les actes faits dans le monde, et on ne saurait trouver d'*unité* nulle part, si ce n'est dans la lettre Aleph. » La relation du Beth à l'Aleph est celle de la Lumière au Feu, de l'Amour à la Loi.

VERSET 59.

> « *Ainsi s'éclaira dans le rien, dans cette eau spirituelle d'où étaient bannis le vide, le plein, l'action et le nombre, la vision archimagique d'un univers dont l'intérieur mobile est espace et dont le contenant est le rien, limite de nos champs de gravitation* ».

LIMITE DE NOS CHAMPS DE GRAVITATION.

L'auteur des Arcanes ayant reçu l'ordre, au cours de la composition de son poème, de mettre fin à son activité littéraire (sa mission d'humble initiateur étant accomplie), s'est efforcé de donner à son dernier ouvrage une forme aussi poétique que le permettait la nature abstraite du sujet. Il en résulte une certaine obscurité d'expression inséparable d'un art dont l'essence esthétique est le *mystère* (Goethe). Ce qu'il entend par « limite de nos champs de gravitation », c'est la périphérie parcourue par la lumière des voies lactées extrêmes, des univers-îles des confins de l'espace-temps.

VERSET 60.

> « *Dans cette œuvre de manifestation, la beauté, l'épouse, se détacha donc de l'époux sans que fût rompue l'indivisible unité ; car elle se détacha comme se sépare de l'objet son image* ».

L'INDIVISIBLE UNITÉ.

C'est — nous ne saurions trop le souligner — celle de la lumière incorporelle projetée dans le rien idée type d'un extérieur. Dans ce rien elle se transmue en un point mathématique d'espace-matière, d'où elle poursuit sa course comme lumière déjà physique, créatrice de l'espace par expansion. Transformable en électricité, elle devient essence des corps. La transmutation a lieu dans l'instantanéité et le sang, formé d'électrons, naît de la lumière spirituelle en même temps que sa sœur la lumière physique. Le *lieu* du monde « sensible » se trouve donc dans la lumière spirituelle ; or, celle-ci ne se sépare pas du feu qui la répand : l'Epoux et l'Epouse, le Créateur et la Création demeurent en esprit indivisible unité, bien qu'ils soient nettement distincts dans la manifestation. Nous ne saurions non plus trop insister sur la pureté chrétienne de notre doctrine qui condamne avec la dernière sévérité toute tendance au panthéisme. Les raisons métaphysiques de notre répulsion n'ont plus besoin d'être exposées. Quant aux raisons morales, il serait superflu de les signaler à ceux qui connaissent l'infériorité à cet égard de toutes les doctrines asiatiques, depuis le *Mâyâvadin* de Çankara jusqu'à l'amidisme japonais en passant par toutes les formes du boudhisme, du taoïsme et du confucéisme. Qu'on nous laisse enfin en paix, dans notre Occident méditerranéen nourri de pensée égyptienne, juive et grecque et de vérité chrétienne, avec tous ces vieux systèmes vidés de leur substance depuis l'Accomplissement. Ils aboutissent tous à une même *amoralité sociale,* parce qu'ils sont pauvres d'amour et n'ont jamais compris ni la transmutation de la loi ni le principe conjugal judéo-chrétien. L'unification spirituelle, condition *sine qua non* de l'unification sociale, ne peut s'accomplir que sous l'égide de l'Eglise Catholique, Apostolique et Romaine, suprême vérité spirituelle et politique.

VERSET 61.

« *Cette manifestation, cette sainte, sainte Matrone de beauté et de gloire, serait-elle donc illusion ? Que non pas, elle est la vérité, la réalité même du Seigneur esprit d'amour* ».

LA MANIFESTATION.

Illusion, et la plus dangereuse de toutes aussi longtemps qu'on la situe soit dans un contenant étendu à l'infini, soit en elle-même par la multiplication directe, elle s'identifie avec la suprême réalité de la lumière incorporelle, perceptible à ceux qui ont demandé et reçu, cherché et trouvé, frappé et *vu la porte s'ouvrir*. Car le fin mot de toute philosophie et de toute science de vivre se trouve dans Luc, 11. 8.

VERSET 62.

« *Car elle ne l'est point par le fait de tomber sous la perception sensorielle dans la relation dynamique, mais bien par cela qu'elle est une vision parfaite, une extase surcéleste de l'Esprit son amant* ».

VISION PARFAITE.

Tout ce qui tombe sous le sens est pure relation entre mobiles. L'extension de cette relation à une infinité d'étendues, c'est-à-dire de corps, loin de renforcer la détermination de leur lieu, conduit infailliblement à la disparition de ce dernier. La situation réelle d'un espace illimitable ne peut conséquemment être donnée que par l'assimilation de cet espace à une vision indépendante de toute opposition du fini à l'infini.

VERSET 63.

« *L'enfantement intarissable de la substance spirituelle des cieux et de la terre est le signe sacré de la féminité de la manifestation procréatrice* ».

LA FÉMINITÉ DE LA MANIFESTATION PROCRÉATRICE.

L'histoire des religions nous enseigne que la nature a été assimilée par toutes les sociétés primitives à une femme féconde, à une mère. L'analogie paraît de prime abord trop manifeste pour qu'il soit nécessaire d'associer à la constatation physique l'intuition d'une identité spirituelle des deux procréatrices cosmique et humaine. Cependant, l'étude des systèmes religieux les moins évolués de l'Afrique, de l'Amérique et de l'Océanie nous apprend à nous méfier des interprétations purement naturistes. L'exagération en sens contraire apparaît moins dangereuse lorsqu'on prend en considération certains faits bien établis par des observateurs aussi avisés qu'un Frazer ou un Durkheim. Quoi de plus direct, de plus évident, que la relation entre l'accouplement et l'enfantement ? Et pourtant, ce n'est pas à ses relations charnelles avec l'épouse que le sauvage attribue sa paternité. Chez le primitif, le chasseur, le pêcheur, le guerrier, qui est surtout *un corps en action* et dont la pensée, en dépit de la dégénérescence certaine, s'est moins éloignée que la nôtre de la constatation et de l'amour du mouvement, les origines *spirituelles* de ce dernier et sa spontanéité ont laissé une empreinte plus profonde dans la mémoire latente. Sous nombre de rapports, c'est nous, avec notre égoïsme, notre mécanisme, mouvement asservi, notre orgueil brutal et sacrilège, nos vices immondes et le dandysme grossier qui les étale, nos inventions de démons et surtout notre conception physique du courage et de l'honneur — c'est nous, nous les hommes de l'âge des gaz asphyxiants, qui sommes les vrais sauvages, et un Chamisso mérite d'être salué très bas qui a compris tout cela bien avant nous, au cours d'un voyage océanien effectué en 1815. Si le primitif fait donc intervenir, à l'exclusion de tout autre, un principe spirituel dans un processus aussi corporel que celui de la génération, je ne vois pas ce qui nous autoriserait à attribuer à une analogie purement physique le culte quasi-universel de la Déesse-Mère et son dérivé social, le Matriarcat. Le problème du germe primitif, qui a tenu un rôle si considérable dans l'évolution intellectuelle d'un Pasteur, a dû, intuitivement et logiquement, se poser dès l'aube de la pensée. Il est même très vraisemblable que c'est à la recherche de sa solution que nous devons tous les concepts magiques de la vie et du monde. L'hypothèse se renforce encore de l'étroite parenté qui lie ce problème à celui du mouvement. Nous venons de faire allusion à l'apparition des « concepts magiques ». Mais la question du germe et du mouvement primitifs renferme déjà tout le cycle de la pensée religieuse la plus évoluée. La première civilisation, vraisemblablement lémurienne ou prédravidienne gondwanique, douée d'une mémoire cosmique à laquelle nous avons perdu le droit de prétendre, a sans doute résolu le problème des origines, conformément aux données de la Révélation, en conférant au premier germe, source du mouvement universel de la vie, une nature purement spirituelle. La première maternité, dans ce concept, devient une maternité virginale : aussi bien toutes les Déesses-Mères connues sont-elles des Vierges, et presque tous les dieux des enfants du miracle. Ishtar, la suméro-acadienne, Mâ ou Cybèle et Nana, déesse-mère, les phrygiennes, étaient, il est vrai, associées à un principe mâle, Nin-Girsou, Shara, Enlil, Attès. Cependant, ce principe coexiste également, sous la forme du Minotaure, en Crète, avec la Déesse-Mère Britomartis-Dictynna, ce qui n'empêchait pas cette dernière d'être la « très-sainte Vierge Ariadne ». Le lien conjugal qui unit les déesses-mères aux dieux est donc purement spirituel, ainsi qu'il sied à une correspondance terrestre du lien créé par la Manifestation entre le Feu divin et sa Lumière incorporelle transmuée en univers, en matière cosmique vierge et procréatrice. Le matriarcat a la même origine spirituelle. L'explication naturiste est aussi insuffisante dans son cas que dans celui des déesses-mères. L'admiration du primitif va bien plutôt à la force qu'à la tendresse ou même la fécondité. La Mère était vénérée et redoutée en son analogie avec la première Mère miraculeuse, la Manifestation pure de tout acte physique, de toute émission de semence, — la Beauté Virginale de l'Univers qui a exalté l'Amour par-dessus la Loi. Le culte des déesses-mères et le matriarcat sont extrêmement anciens, bien antérieurs à Sumer et Akkad, à l'Egéide et à l'Egypte. Ils apparaissent avec la civilisation paléolithique, car une analogie frappante, pour ne pas dire une identité absolue, s'affirme entre les figurines stéatopyges des grottes aurignaciennes de Meudon, de Willendorf, de Laussel et de Bassempouy et les déesses-mères déjà historiques, séparées des premières par un espace d'environ vingt mille ans, et exhumées à Suse, en Chaldée, en Egypte antépharaonique. Remarquons encore que les déesses-mères-vierges commencent en tous lieux à régner seules, que les dieux ne leur sont adjoints qu'à des époques relativement récentes, et enfin que les prêtresses ont, elles aussi, partout précédé les prêtres, dont les plus anciens revêtaient pour le service divin le costume sacerdotal des femmes, la jupe en peau mouchetée terminée par la queue de l'animal, vestige du costume féminin paléolithique. Notons enfin que l'art égyptien de l'époque thinite ne manque jamais de représenter la femme plus grande que l'homme, et que le matriarcat régnait encore dans toute sa puissance en Libye, à l'époque d'Hérodote. Dans le domaine politique, la Reine confirmait l'autorité du Roi ou du fondateur de dynastie. Le matriarcat et le culte de la Déesse-Mère étaient les symboles de la féminité virginale de la manifestation. Nous exposons plus loin la relation étroite qui rattache à cette antique vérité révélée le dogme très-saint et supérieurement logique de l'Immaculée-Conception ainsi que le mystère de l'Incarnation.

VERSET 64.

« Tel est le saint arcane de l'Amour Conjugal, sujet du Cantique de Salomon. Je voudrais moi aussi le chanter. Mais les Légions dorées me font signe de me taire ».

CANTIQUE DE SALOMON.

Swedenborg, qui nous a laissé un code sublime de l'Amour Conjugal, a cependant banni de son canon le Cantique des Cantiques. Cette inconséquence nous surprendrait de la part de l'époux céleste de la Comtesse de Gyllenborg, s'il n'eût pas été le fils de Jesper Swedberg, intendant des congrégations suédoises de la Pensylvanie et évêque de Skara en Westrogothie. Notre opinion sur la Réforme est celle de Descartes, premier maître de Swedenborg, à l'époque de ses démêlés tragi-comiques avec Voëtius. Ce qui ne nous empêche pas, bien entendu, de révérer la vertu et le savoir partout où nous les rencontrons, et de reconnaître le caractère bénéfique de l'influence exercée par le grand suédois sur Claude de Saint-Martin et son école. Les « audaces » du divin cantique sont tout aussi impuissantes que les témérités d'un Juan de Yepes à effaroucher une pensée nourrie des similitudes spirituelles et physiques. Le chant du fils de David est un dialogue entre le Père et la Beauté de l'Univers née de la lumière incorporelle et fécondée en l'Esprit Saint, entre le Fils et sa bien-aimée Catholicité, l'Humanité future tout entière, enfin entre l'époux et l'épouse mortels, procréateurs, eux aussi, en esprit. Le commentateur voudrait, comme le poète, ouvrir toute sa pensée. Mais voici que les légions dorées lui imposent derechef le silence. — R. C.

VERSET 65.

> « *Tout de même donc que dans l'instantanéité l'épouse s'était détachée de l'époux comme de l'objet son image, ainsi dans le monde du temps-espace, créé par le fiat lumineux, mouvement de cette réflexion, Eve devait être prise à la polarité encore double de la substance d'Adam recueillie dans le sang même de l'univers* ».

ÈVE.

Le grand livre de la vie, sitôt arrachés les sept sceaux qui nous en interdisent la lecture et qui ne sont que nos propres imperfections morales, nous dévoile si aimablement ses secrets que, par une inconséquence contraire, nous réussissons à nous persuader de l'avoir nous-mêmes écrit et d'être les artisans des chefs-d'œuvre cosmiques dont la précision et la beauté contrastent cependant d'une manière risible avec les misères de notre condition. Ces deux mouvements, dont l'un se manifeste par toutes les marques du désespoir et l'autre par tous les signes de la plus enfantine présomption (tant il est vrai que nous tirons une égale vanité de notre faiblesse et de notre force), ont une même origine. L'immensité de la création nous épouvante jusqu'au moment où nous prenons garde que les seules disproportions constatées dans l'ordre des grandeurs nous cachent la merveilleuse identité des deux mondes. Pour que cette vérité nous pénètre, il suffit qu'elle trouve endormis au seuil de notre demeure nos deux sinistres gardiens, la méfiance et l'orgueil, et que la chambre nuptiale lui présente un miroir qui ne déforme pas son image. Les mots tout-puissants prescrits par le Fils rétablissent d'eux-mêmes l'ordre dans la maison. La vérité alors entre délibérément et ce qu'elle a à nous apprendre se laisse exprimer en quelques paroles. Les choses réelles sont les grandes sœurs de celles d'ici, ce qui est en bas est comme ce qui est en haut, et si je ris de voir la sagesse céleste de l'amour prendre dans mes pauvres simagrées figure de folie, du moins je ne suis pas le premier à rire ; d'autres et de plus grands, s'en sont égayés bien avant moi, qui ont fait des contes d'ânes, de baleines et de citrouilles, ou l'éloge de *l'importunité* qui obtient ce que se voit refuser l'amour. De ces choses qui sont semblables dans le sensible et l'intelligible, la première est l'arcane conjugal, fondation du grand et du petit cosmos. Gœthe n'a-t-il pas assimilé, dans les « Affinités Electives », les mariages chimiques aux alliances humaines ? Tout de même donc que la lumière incorporelle, mère de la lumière physique transformable en électricité essence des corps, ayant été répandue par le feu secret, a formé la beauté de l'univers ; par une opération parfaitement semblable dans son mystère, l'épouse de l'homme a été tirée de son sang afin que la *lumière* de la femme guidât l'époux par les chemins de la pensée et de l'action, le mobile de l'une et de l'autre étant l'amour inséparable de toute création. La situation mystique de l'homme par rapport à la femme est donc celle de Dieu à l'égard de la Création ; et c'est par réminiscence pure que le langage des amants emploie aujourd'hui encore certaines images devenues risibles en leur primitive ingénuité : « Tu es *tout* pour moi, tu es mon *univers*, mon soleil, ma vie, etc... Ce sont ces lieux communs qui, traduits en un langage plus noble, deviennent les discours de Faust à la belle Troyenne et les élégies de Hölderlin à la Diotime de Francfort. L'homme est une dure Loi, — celle d'être mouvement, action et rien de plus — et c'est dans la beauté et la charité de la femme que la Loi se transmue en Amour. Certes, tout ceci ne ressemble que d'assez loin à la théorie de la cristallisation de Stendhal. Mais nous ferons de la psychologie littéraire et du dandysme une autre fois. Pas ici. — A la source même de la pensée et de l'action, de l'action-pensée (car la pensée n'est que constatation et amour du mouvement), nous trouvons l'Arcane Conjugal, le mystère de la création et de la procréation spirituelles.

VERSET 66.

« De l'univers sacrifice des sacrifices, archétype du sang donné par Abel et mystère originel de tous les cultes à immolation ».

SACRIFICE DES SACRIFICES.

En vue de l'exaltation de l'Amour au-dessus de la Loi (de nécessité), le Feu divin répand sa lumière incorporelle : celle-ci se change en lumière physique transformable en électricité (Cosmos) et en sang (Homme). C'est la création spirituelle par génération sans germe. Le Cosmos — et par conséquent notre terre — produisent le premier germe, fruit de l'amour céleste fécondant en Esprit. De même que de la lumière physique est tiré le Corps unique et parfait de la Beauté, du sang de l'homme, frère de la lumière matérielle par identité d'origine, est formé le corps de la femme. C'est là le premier acte de la procréation spirituelle ; et cette procréation indépendante de toute copulation, était la loi même de la vie. L'homme et la femme ayant été destinés à un mode d'existence purement spirituel dans un univers étranger à toute idée de fini ou d'infini et situé dans la seule lumière incorporelle de la Vision divine, étaient Esprit dans une apparence de corps. Ils étaient immortels. L'homme ignorait le labeur physique, la femme les douleurs de l'enfantement, car la matière était celle de la vision de Dieu, lieu unique de toute chose. La sueur du front et les plaintes de l'enfantement sont venues bien plus tard, après que la femme eût matérialisé l'amour, et l'homme, l'espace étendu à l'infini, donc situé non plus dans la lumière spirituelle mais en soi-même, c'est-à-dire dans la matière et les ténèbres. Abel est la figure de Notre Seigneur : comme lui il donne son sang parce que Dieu a répandu sa lumière. C'est le sacrifice du Rachat, un mouvement de retour de la matière à l'esprit. Telle est l'origine du sacrifice d'Abraham et de tous les cultes à immolation. Caïn, au contraire, est l'affirmateur de la matérialité du monde, comme son père Adam et plus tard Hérode le Juif et Pilate le Romain ; il est l'instrument de la domination temporelle et le meurtrier de l'Esprit. C'est le sempiternel combat du matérialisme et du spiritualisme, origine de toutes les calamités terrestres et de la grande confusion qui a associé au martyrologe de la foi celui de la science.

VERSET 67.

« *Et ce sang de la création, ô Hiram mon fils, ce sang de la création coula aussi pour le Rachat. Car, là encore, ne fallait-il pas que fût exalté au-dessus de la loi juive elle-même le libre sacrifice de l'amour ?* »

LA LOI JUIVE.

Tous les principaux personnages de l'Ancien Testament, ainsi que leurs actions les plus remarquables, sont les préfigures de l'opération divine qui devait permettre à la terre et à ses habitants, égarés dans le labyrinthe infernal des ténèbres sans fin créées par Adam, de retrouver leur Lieu de lumière. Adam avait entraîné dans sa chute les êtres et les choses : aussi bien, les Rois spirituels, illuminés par le sacre et conduits par la clarté ne furent-ils pas les seuls témoins du mystère de l'étable. Le bœuf et l'âne sont à la place d'honneur et réchauffent de leur pure et enfantine haleine le Prince de la Paix intérieure. Celui-ci lève les bras pour bénir la création régénérée. Son premier mouvement est celui de la lumière incorporelle qui, avant même l'apparition du temps-espace, avait été répandue par le Père, le céleste Epoux, dans le néant originel. Comme le fit jadis Adam, le Roi Christ lève les bras : toute sa connaissance ancienne est restituée au monde sensible dans cette première pensée redevenue constatation et amour du mouvement. Le péché est effacé, l'esprit illuminera désormais la semence de l'homme. Interrogez le fond de votre pensée par une belle nuit de juillet, ruisselante de myriades d'univers. Il est en vous une connaissance qui vous dira pourquoi Dieu, qui peut tout, ne pouvait pas, oui, ne *pouvait pas* ne pas venir parmi vous. Entendues au temporel, ces choses se sont passées ici. Dans l'instantanéité, la seule lumière incorporelle de Dieu en a été le théâtre. Dieu ne pouvait pas ne pas créer le monde, à cause qu'il fallait que *Sa* loi fût transmuée en Amour. Dieu ne pouvait pas ne pas naître pour la douleur en ce monde, à cause qu'il fallait qu'à la loi juive, dure loi de l'homme, succédât l'Amour exalté en la Femme, en Marie, nature reglorifiée dans la maternité virginale primitive.

VERSET 68.

« *Sur cet univers non situé de beauté libre, la domination d'Adam s'exerça donc dans la liberté de la suprême connaissance fondée sur la relation originelle de l'aleph au beth, du voyant à la vision, de l'être à l'amour ».*

BEAUTÉ LIBRE.

L'homme, la créature, est aussi libre que Dieu. La *seule* chose qui importe en ce monde — en cet Univers total — est la prière. C'est la prière qui donne connaissance et charité. Voilà la raison pour laquelle il fallait de toute nécessité que l'homme fût *libre de prier ou de ne pas prier.* La prière lui a été donnée comme une clef d'or et l'univers comme un coffret plein de diamants et de rubis stellaires. La clef était *unique.* Ton orgueil se révoltait à l'idée de se servir d'une clef unique inventée par un autre que toi. Tu as jeté la clef dans le puits et tu as gardé le coffret indestructible, le coffret couleur de nuit à jamais clos, hermétiquement. Mais la clef d'or a été retrouvée — son image — la seule image de tout le livre — dessinée par Maître Wolfgang de Goethe lui-même, décore la page 883 de Wilhelm Meister, édition du Grand-Duc Wilhelm Ernest, Leipzig, 1906, Im Inselverlag. — Dieu est Roi. Il n'est pas tyran. Il n'impose aucun de ses dons. Il veut être *importuné.* (Luc, 11, 8.) On n'est pas plus libéral. Moi qui prie, je suis libre. Vous, Messieurs, qui désagrégerez demain les atomes et cependant n'irez pas vous pavaner dans les voies lactées qui se trouvent à deux cent mille années lumière, vous Messieurs, qui ne priez pas, vous êtes libres également. Mais c'est moi qui suis le maître du trésor.

VERSET 69.

« *Adam était libre, car il savait que le mouvement n'est pas la translation inconcevable d'un lieu vers un lieu, mais la métamorphose intelligible d'un état en un état. Etre libre, c'est se mouvoir certes pour l'action, mais aussi, bien par delà l'action, pour le rythme* ».

ENCORE LE RYTHME.

Dans un espace qui cherche en vain son lieu perdu dans les ténèbres de l'infini, c'est-à-dire dans l'univers sans fin et sans lieu de la multiplication, le moindre mouvement d'un point vers un autre traverse tout l'infini de la division. Le voyageur qui s'imagine changer de place en passant d'un point A à un point B est par conséquent la plus ridicule des dupes, car on ne franchit pas une distance infinie. La lumière physique elle-même, avec ses pauvres trois cent mille kilomètres à la seconde, est, en fin de compte, immobile. Il n'existe qu'un seul moyen d'échapper à l'illusion qui présente une diversité de lieux à notre course immobile à travers le *non-situé :* se confier au *rythme mental* qui nous transporte au lieu seul réel de la *lumière primitive.*

VERSET 70.

« *Par le jeu des rapports dynamiques, Adam était la conscience de l'univers et l'organe de perception de toutes choses. Mais par la relation du beth à l'aleph, de la vision située dans le rien à l'Esprit Saint seul réel, Adam était la liberté même de la beauté* ».

CONSCIENCE DE L'UNIVERS.

C'est dans la pensée d'Adam, *constatation du mouvement,* que la relation entre mobiles, entre le mobile 1 et le mobile 2, unique détermination de l'espace-temps relatif, *prenait conscience d'elle-même.* Mais Adam échappait à cette illusion de la matière (indispensable à la transmutation de la loi) en obtenant de l'oraison la connaissance plus haute de la réalité spirituelle, c'est-à-dire de la relation de l'Epouse Beth à l'Epoux Alpha.

VERSET 71.

« *Ainsi plus tard, à l'instant de la purification des êtres et des choses, Christ naquit d'une Vierge, image corporelle de la libre beauté première* ».

LIBRE BEAUTÉ PREMIÈRE.

C'est la beauté de l'univers né du premier mouvement, celui de la lumière incorporelle. De cette libre beauté première, l'Immaculée Conception est la correspondance temporelle. La naissance de Marie est spirituelle comme celle de la première nature produite sans semence. De Marie, fécondée par la lumière incorporelle de la vision, naît notre Seigneur Jésus Christ, et cette naissance est la correspondance de celle du premier Adam tiré de la matière cosmique vierge. C'est ce que s'efforce de rendre le

VERSET 72.

« *Tout de même que la vision avait été projetée par l'esprit dans le rien, et le premier Adam tiré de la substance cosmique fécondée par le seul esprit : ainsi le second Adam ne pouvait naître que d'une virginale, spirituelle et libre beauté* ».

VERSET 73.

« La passion mystérieuse et chaste, l'ivresse intellectuelle que nous avons tous ressentie au sortir de l'enfance n'est qu'un souvenir obscur du premier amour d'Adam pour Eve sa terrestre compagne ».

LA PASSION MYSTÉRIEUSE ET CHASTE.

Le médiocre poète Wordsworth, dans son « Ode on intimations of immortality, from recollections of early childhood » fait une sorte d'exposé poétique de la doctrine de Swedenborg, sans, bien entendu, nommer ce dernier. La spiritualité du premier âge de l'homme, encore éclairé par le souvenir du Lieu, y occupe une place importante. L'exécrable métaphysicien E. A. Poë consacre à ces mystères quelques lignes vraiment inspirées dans son Euréka, ouvrage que nous venons de traiter avec trop d'indulgence. Dans « Aus meinem Leben », Goethe se divertit à retracer en quelques pages son système théosophique d'adolescent : la conclusion, bien que malicieusement voilée, nous autorise à considérer ce soi-disant badinage comme l'expression de la pensée la plus secrète du Maître. Le père de tant de beautés mortes en odeur de sainteté et préservées de la corruption par la souffrance et l'amour (Sperata dans W. Meister, Ottilie dans les Affinités électives) n'a jamais été compris ni en Allemagne ni ailleurs. Eckermann, qu'Henri Heine appelait « le caniche » nous a laissé du Maître la pire des caricatures, un portrait « idéalisé » par un disciple imbécile. — Béatrice n'était âgée que de neuf ans lorsque Dante, lui-même fort jeune, fut conduit à sa rencontre. Byron vécut et mourut sous l'influence de son premier amour d'enfant, une petite voisine de campagne nommée Mary, si j'ai bonne mémoire. L'auteur des Arcanes se souvient d'avoir lui-même été fort épris, dans son quatrième printemps, d'une Laure dont les six hivers lui inspiraient (heureusement) un profond respect. Ces petites historiettes, pour futiles qu'elles soient, pourront être rapprochées utilement des doctes théories de Monsieur le Professeur Freud.

VERSET 74.

« *La femme, prise à la substance spirituelle de l'homme qui était celle de la vision elle-même, la femme se trouvait par rapport à l'homme dans la relation du beth à l'aleph, de la vision au voyant, de l'amour à l'être* ».

DE L'AMOUR A L'ÊTRE.

A cause qu'en elle la dure loi de l'homme s'était métamorphosée en amour, comme dans la beauté de l'univers né de la clarté incorporelle s'était transmuée en amour également la sublime loi de nécessité.

VERSET 75.

« *Comme le voyant et la vision, les époux édéniens étaient indivisible unité. Leurs mouvements et leurs paroles figuraient dans le plan des rapports dynamiques les opérations cachées du grand rituel de réciprocité du voyant et de la vision. Eve était l'image vivante, spirituelle et virginale de la féminité de la manifestation* ».

LE GRAND RITUEL DE RÉCIPROCITÉ.

A l'instant même où l'on fermait les paupières au Roi, le Dauphin était acclamé. Mais c'est le sacre de Reims qui lui conférait les suprêmes pouvoirs mystiques. Le Roi céleste était pareillement Roi avant le Sacre conféré par la créature comme du dehors : néanmoins, c'est la seule Bénédiction qui transmue en amour la loi de nécessité. C'est à dessein de recevoir la Bénédiction que Dieu choisit Beth (Baroukh) pour instrument de la création. Dieu ne se contente pas d'être aimé. Quand on aime, on veut être importuné. L'importunité finit par fatiguer le temps. Elle est toujours nouvelle aux yeux de l'instantanéité. On n'aime véritablement que dans celle-ci et seul l'amour nous permet de saisir l'instant. Amour cligne les yeux : c'est cela, l'Eternité. Sur le plan de la relation entre mobiles, c'est-à-dire dans l'espace-temps intérieur, les mouvements d'Adam et de son épouse, situés physiquement les uns par rapport aux autres, figuraient les opérations cachées du grand rituel de bénédiction de la Création par le Créateur et réciproquement. Dans ces cérémonies, Adam figurait la loi et le feu, Eve l'amour et la lumière.

VERSET 76

« *La beauté et la charité de la femme, l'ivresse et la compassion qu'elles font naître nous rapprochent aujourd'hui encore de notre mère la beauté du monde. Mais Adam, dans la sagesse de sa soumission, reconnaissait dans cette beauté l'essence même et la forme de sa compagne de service. Et il s'entretenait avec « Orion, la Grande Ourse, les Pléïades et les étoiles des régions australes » (ces vrais amis de Job) comme il parlait à Eve : dans le frémissement d'élytres universel et invisible d'une sourde, pénétrante et bienheureuse tendresse* ».

Ce verset nous apprend que le Roi spirituel avait le pouvoir de se former de l'univers total une image dans laquelle il reconnaissait la Reine.

NOTRE MÈRE LA BEAUTÉ DU MONDE.

L'arcane conjugal est demeuré le pain quotidien et aussi le vin de la poésie et de la science, en dépit des adultérations innombrables apportées à ces aliments spirituels. J'ai consacré à ce mystère une de mes œuvres de jeunesse, « l'Amoureuse Initiation », dont je répudie peut-être l'expression quelque peu cutrée, mais non pas l'immuable philosophie. C'est à l'amour que nous devons les immortels chefs-d'œuvre de Byron et de Chateaubriand ; même empoisonnées, la tendresse et la passion réveillent un écho assourdi tout au fond de l'Eden touffu de la mémoire seconde. Les savants sont moins communicatifs que les poètes ; et pourtant, quel rôle éminent, bien que secret, l'amour n'a-t-il pas dû jouer dans l'histoire des grandes découvertes et dans l'évolution de la philosophie. Je n'ouvre jamais ma vieille petite « Ethique » de la modeste édition populaire allemande « Reclam » sans évoquer l'image de Spinoza amoureux faisant sonner sur le pavé de La Haye ses éperons d'argent et flotter au vent l'énorme plume noire de son chapeau. N'est-ce pas aussi l'amour qui, sous l'aspect d'une toute jeune femme, a initié le grave Auguste Comte à la métaphysique borgne du vieux Kant si habile à couper un cheveu en quatre, mais toujours celui d'à-côté, jamais celui qu'il faut ? Et n'est-ce pas lui qui a dû fournir les sujets essentiels aux entretiens des deux pessimistes illustres, Schopenhauer et Byron, lors de leur rencontre si singulière et si peu connue de Venise ?

VERSET 77.

« Je t'ai conduit, Hiram, jusqu'à cette dalle sacrée où le maître des œuvres a gravé l'image du labyrinthe ».

LE LIEU DE L'ACTION.

Le poème des Arcanes est un Mystère qui a pour décor les ruines de la Cathédrale de Reims, construite par les Français et détruite par les Goths.

VERSET 78.

« *C'est ici, dans ce lieu d'accomplissement, que je prendrai congé de toi pour toute la durée de la grande transmutation qui commence* ».

LA GRANDE TRANSMUTATION.

Notre époque correspond dans l'évolution de la pensée et de la sensibilité chrétiennes à la phase la plus lugubre de la nuit, celle qui précède immédiatement la première lueur de l'aube. Je m'adresse ici au lecteur déjà initié, par ses insomnies, aux affres de cette heure de la décomposition des ténèbres. La fonte soudaine d'un glacier produirait moins de bourbe que ce qui vous en monte au cœur des dépôts pourrissants du passé. Ah ! que tout est vieux et inexorable et vide ! Les jours perdus, les sommets non atteints, et ce total tout-à-coup reconstitué des lâchetés. O larmes, larmes ! mais c'est plus tard, au grand soleil, que l'on pleure, et jamais à cet instant-là. La dissolution de la matière traverse une phase semblable : les alchimistes la nommaient Tête de Corbeau. Il sera beaucoup pardonné à ceux qui ont exploré les catacombes du Temps. — Il n'est graine qui ne passe par ce suint de mort avant de germer.

VERSET 79.

« *Les tentatives actuelles de refonte morale, sociale et politique sont vaines. Avant de conduire l'aveugle à la lumière, il convient de le guérir de sa cécité* ».

LES TENTATIVES ACTUELLES.

Jamais on n'a tant parlé de l'esprit que dans la dernière période du siècle passé et au début du siècle nouveau. Je désirais ardemment de connaître cet « esprit » dont tout le monde autour de moi s'occupait. Mes longs séjours en Allemagne, contrée où l'on ne se pique pourtant que trop de savoir et ce que l'on veut, et de quoi l'on parle, n'ont jamais pu me renseigner à ce sujet ; et cependant, il ne se passait point de jour que je n'entendisse quelque éloge grandiloquent du « Geist ». Mais jamais personne, ni dans les contrées germaniques, ni en France, Italie, Angleterre, Russie, Espagne, — ni en aucun pays d'Europe ou d'Afrique où je fus voyageur, n'a pu me dire de quel « esprit » il s'agissait. Un gardien de la Maison de Gœthe, à Francfort, offusqué sans doute par certaines privautés, bien excusables pourtant chez un tout jeune homme et que je me permettais à l'égard d'une compagne de mon âge, m'adressa en remercîment pour mon « trinkgeld » une longue semonce qui s'ouvrait par ces mots : « le grand Gœthe a eu, lui aussi, des débuts répréhensibles..., mais il devait bientôt connaître la valeur réelle du Geist. Ja, der Geist, der Geist. » J'en arrivai à ne plus pouvoir prononcer ni même entendre le vocable, dans quelque langue et en quelque lieu que ce fût, sans ricaner à la barbe des gens de la plus impertinente façon. Il n'a fallu rien moins que les événements de 1914 pour m'éclairer sur la signification véritable de ce mot prestigieux. Hélas ! le sens que l'on y attache aujourd'hui est toujours le même. Que dis-je, le sens. Une multitude, une infinité de sens. Progrès mécanique (guerre dans les airs), progrès chimique (menace de destruction de cités entières par les gaz), transformation du monde en pétrolerie et quantité d'autres perfectionnements de ce genre. Tout cela fait partie, aujourd'hui comme hier, dans la pensée et le langage courants, du patrimoine de la civilisation. Ajoutez à cette aimable peinture le renouveau « spirituel » qui, en Afrique et en Asie comme en Europe, nous offre le joyeux spectacle d'un « réveil des nationalités », et dites-moi, je vous prie, s'il ne vous paraît pas expédient d'adjoindre sans délai et sans fausse honte à ce mot

« esprit » le déterminatif qui nous permettrait enfin de le *situer*. Hormis l'esprit de bois, l'esprit de vin et l'esprit de sel, tous trois matière, je n'en connais qu'un d'essence supérieure. Il descend dans la lumière incorporelle régénératrice, et son nom est : Esprit Saint. La voie par laquelle on l'obtient est on ne peut plus conforme à nos pires habitudes, car il aime et désire l'*importunité*.

VERSET 80.

« *Un concept sacrilège et faux de l'univers physique s'est étendu en cataracte sur la vue intellectuelle de l'homme. Il faut d'abord écarter prudemment d'une main charitable et forte cette sécrétion opaque qui lui cache le monde réel de la vision* ».

LE MONDE RÉEL DE LA VISION.

L'hypothèse d'une communication future entre la terre et les nébuleuses spirales même les plus éloignées de notre voie lactée n'a rien d'invraisemblable. Pour le métaphysicien, il n'est point d'au-delà dans le domaine matériel, si étendu qu'il puisse être. Sa pensée n'est juste que lorsqu'elle embrasse l'espace tout entier dans le vocable « ici ». Mais lors même que notre pouvoir d'investigation s'ouvrirait un chemin jusqu'aux confins de l'univers, l'espace ainsi sondé ne cesserait point d'apparaître aux interlocuteurs séparés par toute sa profondeur comme un simple rapport de mobile à mobile. La conquête de l'univers ne nous vaudrait qu'une confirmation de l'universelle loi, et notre pensée condamnée à la hantise d'un infini physique se sentirait tout aussi à l'étroit dans la cour de la prison que dans la prison même. Si l'on me contraignait, moi qui exècre la curiosité, à poser une question à quelque roseau pensant de la nébuleuse des Chiens de Chasse, je marmotterais comme je l'ai fait toute ma vie : où est l'espace ? et il est probable que je m'éloignerais sans avoir attendu la réponse. Car, de deux choses l'une : ou bien il le situera dans une multiplication sans fin des relations entre mobiles, ou bien il le ramènera à un simple rapport du mouvement de la lumière physique à celui de la lumière incorporelle ; et au bout du compte j'aurais tout aussi peu à apprendre de sa sagesse que de sa folie.

VERSET 81.

« Dans cette poche à outils que voici, ô Roi des Laborieux, tu trouveras la croix, la balance, l'onguent, le sceptre et la couronne du monde. Mais il faut que je te dise encore comment l'ancien Roi est devenu aveugle ».

LA POCHE A OUTILS.

Je lis dans le visage humain avec la même émotion que dans les étoiles. Mais ces choses si lointaines et si secrètes ne le sont plus pour moi depuis que je sais où je suis. Je m'attache à rechercher surtout l'humble lumière des étoiles qui demandent un certain effort pour être aperçues, et le regard de ceux-là de mes frères dont la vie à le plus à m'apprendre. Ainsi, les matins d'hiver, dans la vapeur de troupeau du métropolitain, j'aime bien, de mon coin, observer ces ouvriers de Paris, ces enfants de la plus vieille des civilisations, la seule vraie. D'aspect malingre mais très robustes, ils se rendent à l'usine ou au chantier, la poche à outils pendue à l'épaule. Sous la gouaillerie de surface, quel air de supputer la valeur réelle des êtres, des institutions, des fabrications, des idées. Et jamais cette lueur sinistre, ce je ne sais quoi d'humble et de cruel, de fuyant et de fixe à l'affût dans le coin de l'œil du prolétaire du Nord et du Centre de l'Europe. L'horrible chose que la rancune non purifiée par la colère ! Et que les peuples astreints au silence ont l'air d'en savoir long et de prendre l'existence au sérieux ! Une longue observation m'a cependant enseigné à réduire à presque rien le rôle de l'intérêt dans la vie en général et surtout dans les révolutions. L'homme supporterait difficilement le fardeau de ces siècles sans foi si toute cette action absurde se déroulait sur une autre scène que celle du guignol de nos vanités. Mais honte jusqu'au tombeau à ces régimes où le jeu des vanités piquées par des contrastes trop vifs dégénère en soi-disant conflits d'intérêts, d'autant plus violents que rien n'y est réel, hormis l'amour-propre de quelques-uns. Alors, des clans extrêmes, l'un occupant le degré supérieur, l'autre l'échelon le plus bas de la hiérarchie sociale et tous deux parfois également étrangers à l'économie et à l'évolution de la masse, s'efforcent, chacun de son côté, d'attirer celle-ci dans une alliance où elle ne sera qu'un instrument aveugle entre leurs mains. C'est ainsi que de la rivalité exaspérée de deux minorités dont l'une se composait de quelques millions de juifs et d'intellectuels persécutés et aigris et l'autre de quelques milliers de hauts fonctionnaires passés maîtres dans l'art de l'insolence et de la concussion, sortit l'énorme révolution russe dont les prodromes, de 1904 à 1906, se sont déroulés sous mes yeux. Et pourtant, la crise n'avait point d'autre objet réel et légitime que la libération de quelques peuples opprimés et une réforme agraire analogue à celle qui s'accomplit en France en 1789. Il eût suffi aux sphères dirigeantes de la Moscovie, d'offrir, vers 1915, aux pays de la Baltique et de l'Orient ainsi qu'aux populations rurales quelques exemples non pas même de générosité mais simplement de compréhension, pour épargner aux Juifs les pogroms, à la noblesse et à la bourgeoisie l'extermination et à l'ensemble de la nation de longues années de famine et de désordre. De toute cette révolution soi-disant marxiste que subsistera-t-il dans quelques décades ? La seule réforme agraire accomplie dans des conditions et par des moyens absolument hors de proportion avec le but à atteindre. Sous les dehors d'une accession au pouvoir du prolétariat urbain, si peu nombreux en Russie, la crise de 1917 a été une révolution politique et agraire. La vraie réforme sociale est encore dans l'avenir et elle peut s'accomplir dans une Russie industrialisée et instruite, comme dans le reste du monde, par étapes, sans ruines et sans effusion de sang. Toutefois, n'oublions pas qu'elle est en marche. Pour l'arrêter, ne faudrait-il pas tout d'abord enrayer l'expansion irrésistible d'un industrialisme devenu nécessaire à la satisfaction d'appétits grossiers entretenus par la diffusion des doctrines matérialistes ? Quelle digue résisterait à semblable courant ? Les dictatures elles-mêmes se contentent de maintenir quelque discipline dans la galère qu'il emporte. La seule dérivation imaginable est dans l'association de cette force nouvelle à un intense labeur d'unification de l'Europe et du monde ; mais cette unification elle-même n'est possible que sur un terrain déjà préparé par une renaissance spirituelle due à l'effort combiné de la science et de la religion. Celles-ci ont cessé d'être des ennemies irréconciliables. Notre concept de la matière évolue de jour en jour. L'imperceptible nous guette du dedans et du dehors. La réalité n'est plus qu'un mouvement insaisissable de nombres. Quelque chose se meut, donc quelque chose se pense. Mais quelle matière pourra me dire ce qu'est cette chose qui se meut ? L'idée même de la pluralité s'efface ; cette chose qui se meut et se pense, c'est en elle que je m'apparais et c'est en moi qu'elle prend conscience d'elle-même. Ele et moi, nous sommes ces nombres mobiles dont les relations créent l'espace-temps. Elle et moi, nous sommes un seul et même sang, une seule et même lumière. Mais cette connaissance me suffit-elle ? Je viens, une fois de plus, de m'identifier à l'espace total. Que suis-je ? Une chose immense, une chose parfaite, une chose unique. L'univers. Où suis-je ? L'abîme de la lumière naturelle ne peut pas me l'apprendre.

Dans le commentaire du verset cinquante-six nous avons

mentionné un des événements les plus singuliers de l'antiquité, la révolution communiste perse de Mazdek, disciple de Manès. Les Mèdes et les Perses étaient indo-européens. Leur patrie n'était ni la Susiane des Achéménides, ni la région montagneuse des Parsua. Avant d'envahir ces contrées et d'y fonder des empires, ils avaient mené, durant des millénaires, une existence nomade dans les steppes de la mystérieuse Russie méridionale, contrée qui, dans la nuit de la préhistoire, semble avoir exercé une influence décisive sur les destinées de la race aryenne. De la langue des Mèdes, un seul mot nous a été transmis par les Grecs d'Anatolie : Spako, chien. Il est assez singulier qu'on ne se soit jamais aperçu de la ressemblance de ce vocable avec le nom russe du même animal, sobaka, lequel se prononce s'baka. Les fameux Scythes, nation enveloppée d'un impénétrable mystère, n'auraient-ils pas, dès les environs de l'an 1700 avant Jésus-Christ (époque de l'invasion de la Phrygie par les Thraces), parlé une langue se rapprochant du slavon, et ne seraient-ils pas les ancêtres directs des Slaves ? Nous retrouvons les mêmes analogies linguistiques dans les pays asianiques et jusqu'en Egypte. Les Thraco-Phrygiens adoraient une divinté lunaire nommée Mên. Ménuo, aujourd'hui encore, est le nom lithuanien de la lune. Les « Mouschki » d'Asie-Mineure ne seraient-ils pas tout simplement des Moujiki ? Mais voici qui est plus extraordinaire encore. L'Egypte primitive, vers 3300 avant notre ère, était partagée en deux royaumes, l'un du Sud, l'autre du Nord. Dans ce dernier, l'emblême de la royauté était l'abeille (Biti), et cette abeille prêtait son nom au Roi lui-même, le Biti de l'Egypte Septentrionale. Or, le nom de l'abeille, en lithuanien, est Bité. Les plus anciennes dynasties égyptiennes du Delta, antérieures à la réunion en un seul pshent des deux couronnes rouge et blanche, semblent donc avoir été indo-européennes. Voilà qui confère un intérêt tout spécial à l'audacieuse (donc très probablement géniale) théorie des « Minns » dravidiens de M. A. de Paniagua. Pour revenir à Mazdek et à son communisme, ne serait-ce pas tout simplement une tentative de retour au régime naturel des Scythes, régime qui, sous la forme du « mir », s'est conservé jusqu'à nos jours sur toute l'étendue de l'Empire moscovite, offrant un terrain tout préparé à la réforme sociale des bolcheviks ? Le communisme russe est aussi vieux que la Russie elle-même. Le communisme occidental, forme nouvelle et peut-être temporaire de la Monarchie théocratique dont le règne universel nous apparaît inévitable, sera certainement très différent du bolchevisme scythe caractérisé par la double empreinte orthodoxe et mongole, ainsi que par l'immémoriale tradition du prosternement devant la pédanterie allemande.

L'Orient n'a plus rien à nous donner. L'avenir est à l'Europe et aux nouveaux mondes. Déjà la présomption scientifique du siècle passé nous fait sourire. Le trouble et les hésitations de la connaissance actuelle nous offriront un sujet de railleries dans quelques années. La théorie de la révélation primitive trouve un crédit croissant dans les milieux les plus circonspects. Le savoir de l'ancienne Egypte et du Moyen-Age fournit à nos vulgarisateurs des titres sensationnels pour leurs épais ouvrages. Certes, il n'y a pas grand'chose à espérer des contemporains. Mais quand l'Esprit-Saint se fera entendre à Rome, les hommes nécessaires se présenteront à l'appel.

La Société qu'ils créeront reposera sur l'alliance de la foi, de la science et de la beauté, c'est-à-dire sur une liberté individuelle et collective acquise au prix d'un abandon de la plus intime essence, d'un sacrifice total, d'une transmutation de la loi en amour. L'immortelle vanité des médiocres, purgée de sa barbarie matérialiste actuelle, sera soumise à une discipline morale des plus sévères. L'utilisation de cette force inépuisable incombera non plus aux intrigants, mais à un conseil de psychologues nommé par une Congrégation d'Initiés, sommet de la hiérarchie et base de la Monarchie spirituelle. Celle-ci gouvernera les Etats-Unis du monde. Néanmoins, chaque Etat posséderait sa dynastie propre, autant que possible héritière des vieilles traditions nationales. L'émulation scientifique, esthétique et morale fournira à l'instinct de combativité un champ qui embrassera le monde. Les nationalités se feront une guerre magnifique et sans merci dans le domaine de l'intellect. Les commandements de l'Eglise seront observés avec la dernière rigueur, les anniversaires catholiques célébrés avec une pompe indescriptible, les uns et les autres symbolisant les plus hautes vérités de la science et de la philosophie. Le premier jour du Règne universel sera marqué par une conversion au christianisme de l'ancien Peuple Elu : mais la noble race juive sera précieusement conservée dans une pureté sans mélange. On respectera également les derniers vestiges des vieilles aristocraties, car une démocratie, même monarchique et théocratique, a toujours quelque chose à apprendre des hommes qui connaissent leurs origines et respectent leurs traditions.

Ce sont là quelques-unes des rêveries que m'inspire, dans la rue ou dans le métro, la matinale poche à outils, emblème émouvant des futures corporations.

VERSET 82.

« *La lumière incorporelle de la beauté se détacha de l'être identique à la loi, feu spirituel caché, afin qu'une première* RELATION *s'établissant entre ce feu et cette lumière, cet époux et cette épouse, l'amour fût exalté au-dessus de la loi* ».

PREMIÈRE RELATION.

Le don de la plus secrète essence, sacrifice total, transmutation de la loi en amour, trouve une expression adéquate dans le langage de la physique. Les phénomènes affectifs constituent, dans l'ordre moral, une correspondance de la relation entre mobiles. L'ennui, cette sensation de vide causée par l'absence de l'amour, n'est que le désir d'un support pour un *moi* qui n'en trouve pas en nous-mêmes. Une simple nécessité de se *situer* idéalement, de connaître le rapport déterminatif du *lieu* spirituel régit notre vie affective, de même qu'elle pénètre, sous la forme d'une électricité double, les derniers éléments des corps. La lumière physique, transformable en cette électricité, renferme déjà les signes *plus* et *moins*, déterminatifs initials du lieu, que l'on trouve également dans le sang, attachés aux pôles magnétiques. Dès l'apparition de la lumière matérielle, nous nous trouvons donc en présence d'un rapport de mobile à mobile qui, plus tard, se divisera en une infinité de relations nous permettant de déterminer la situation de toutes choses, depuis les électrons jusqu'aux voies lactées. De même que les corps, les êtres spirituels trouvent leur lieu idéal dans une gravitation que nous nommons amour. Ce dernier est notre réalité unique, et lorsqu'il nous transporte dans la lumière incorporelle qu'il rend visible, l'univers tout entier se retrouve en son lieu, déterminé par le rapport de cette lumière au Feu divin caché.

VERSET 83.

« *La lumière incorporelle de la beauté du monde se revêtit dans l'instantanéité même du fiat de cet aspect de cosmos à espace-temps intérieur que nous lui connaissons. Mais en Adam, sa conscience, sa liberté et son organe de perception, elle s'apparaissait comme une vision du voyant dans le rien, le rien d'où sont bannis le vide et le plein, le mouvement et le temps* ».

L'INSTANTANÉITÉ DU FIAT.

La métamorphose de l'eau en vin, premier miracle de Notre-Seigneur Jésus-Christ, est la démonstration analogique de la transmutation en lumière physique d'une clarté incorporelle réfléchie par le Rien. (L'alchimie assimilait le Rien à une eau primordiale, hulé.) La lumière incorporelle projetée dans le Rien, idée archétype d'un extérieur, ainsi qu'en une eau qui la fait apparaître à Dieu comme du dehors, se transforme en lumière physique, en univers de beauté et d'amour, Macrocosme. De même, dans l'opération mystique de Notre-Seigneur, l'eau (ou le Rien réfléchissant) se change en vin, c'est-à-dire en sang, Microcosme. C'est là une correspondance terrestre de l'arcane conjugal divin, de la transmutation de la loi, de la création de l'épouse par l'époux, et le miracle s'accomplit aux noces de Cana, afin que l'analogie soit éclatante. Dans cette opération, le Fils s'identifie au Père Créateur et, abolissant pour un instant toute distinction de personnes, cesse d'être fils. Voilà la raison pour laquelle, suivant une logique mystique supérieure à tout sentiment humain, il prononce la parole terrible et sublime : « Femme, qu'y a-t-il de commun entre vous et moi ? » A l'instant de l'exaltation de l'Amour, Marie n'est plus sa mère. »

VERSET 84.

« *Il y avait un voyant et une vision et Adam était la relation même de celle-ci à celui-là. C'est en lui, c'est en l'homme enfant de la nécessité et de la beauté que l'amour se voyait exalté, dans sa liberté, au-dessus de la loi* ».

ENFANT DE LA NÉCESSITÉ ET DE LA BEAUTÉ.

Il n'est pas besoin de prendre ici le mot nécessité dans le sens cabalistique qui l'associe à la Rigueur consécutive au péché. Le verset parle d'un Adam riche encore de la sagesse de la soumission. Mais le Roi du Monde, ainsi que nous le verrons bientôt, était la représentation de l'Etre qui est sa propre loi de nécessité, celle d'être et rien de plus. Adam est cette représentation par opposition à Eve, correspondance de la beauté libératrice de l'univers. Figure de la nécessité, Adam l'est également de la liberté conquise par l'exaltation de l'amour, car il ne fait avec Eve qu'une seule chair, symbole de l'unité de l'objet et de l'image, de l'Epoux et de l'Epouse. Ce double caractère de l'homme s'affirme d'une manière éclatante dans les œuvres de tous les temps. Bien avant le Job hébreu, le « Juste affligé » de Babylone faisait ressortir dans son poème le contraste formé par la loi de rigueur suspendue sur les destinées humaines et la beauté parfaite de l'univers.

VERSET 85.

« Mais de cette loi identique à l'être, l'unité subsistait indivise dans cette trinité de l'Epoux, de l'Epouse et du premier Adam, conscience de l'arcane conjugal. Car le voyant et la vision ne faisaient qu'un seul esprit avec la relation primordiale qui était leur intelligibilité dans le concept cosmique de l'homme ».

LA RELATION PRIMORDIALE.

Celle qui situe la lumière incorporelle par rapport au Feu caché, l'Epouse Beth à l'égard de l'Epoux Alpha. Adam est la conscience de cette relation, l'intelligence de l'Arcane. Le Feu caché est le Père, la lumière incorporelle source de la lumière physique ou univers est l'Esprit, Adam compréhension du rapport initial qui les lie est la figure créée du Fils coéternel dans le monde archétype antérieur à la Manifestation. A l'instant même où l'intelligence de l'Arcane s'obscurcit dans le péché, le concept cosmique de l'homme se transmue en une représentation matérielle de ténèbres sans fin.

VERSET 86.

« *Cette unité indivise était figurée dans le plan des rapports dynamiques par la triplicité espace-temps-matière donnée dans l'unité du mouvement* ».

TRIPLICITÉ.

Les premiers éléments de la pensée, constatation et amour du mouvement, sont une triplicité d'espace, de temps et de matière. Mais cette triplicité est le mouvement même. Pareillement, le Père, le Fils et l'Esprit sont trinité, mais trinité fondue en l'unité divine. Pour pénétrer l'arcane défendu contre l'orgueil humain par l'épée de l'ange, il suffit de commencer modestement par le commencement.

VERSET 87.

« *Mais ce mouvement lui-même, ce fiat, loi génitrice de la manifestation, n'était rien autre chose qu'Adam né de la substance spirituelle de la vision. Adam était donc dans le plan dynamique la représentation de l'être qui est sa propre loi. Et Eve ne fut tirée de son essence qu'afin qu'il figurât aussi l'amour exalté au-dessus de la loi* ».

LOI GÉNITRICE DE LA MANIFESTATION.

Le Fiat Lux est l'émission de la lumière incorporelle, le mouvement premier. Celui-ci engendre le mouvement de la lumière physique ou univers. Mais nous savons que la lumière physique et le sang sont une seule et même chose. Le sang d'Adam était donc déjà dans le mouvement de la lumière incorporelle avant sa transmutation en lumière physique. Adam participait conséquemment, à cet instant précis, de l'Etre et de la Loi. Après la transmutation de la lumière incorporelle en lumière physique et sang, Adam demeurait en esprit représentation de l'Etre qui est sa propre Loi. Toutefois, par sa tendresse pour Eve, il s'identifiait à l'Amour exalté au-dessus de la Loi.

VERSET 88.

« *La prévarication d'Adam fit retomber cet amour exalté dans la rigueur de la loi. Telle est l'origine, ô Hiram, de la grande et sévère loi d'Israël* ».

LOI D'ISRAEL.

C'est la loi universelle du sacrifice propitiatoire, du sang ou de la sève offerts à la lumière, avec, cependant, cette particularité que le sacrifice judaïque était dédié non pas au soleil, comme chez les païens, mais à la lumière incorporelle du Feu divin caché. Ce sacrifice, dont l'Agneau pascal était l'expression suprême, préfigurait la Rédemption. Contrairement à l'opinion naïve entretenue à ce sujet par les historiens et même quelques exégètes, le rôle messianique de la nation juive intéressait l'humanité entière. Israël, même coupable, et Juda même ébranlé dans sa fidélité, conservaient dans toute sa pureté et à travers mille vicissitudes, pour la seule fin de la régénération future du monde, le saint trésor de la Révélation primitive. Les souffrances endurées par le peuple juif n'ont pas exercé leur influence pacificatrice sur les seuls fils d'Abraham, mais sur tout ce qui a souffle de vie et part à la mansuétude du Créateur. Les exils d'Egypte et de Babylone, bien que la seule nation juive en portât l'écrasant fardeau, étaient un châtiment infligé à l'humanité déchue et d'autant plus rigoureux pour la race hébraïque que celle-ci était tombée d'un lieu suréminent. L'heure est venue d'abandonner aux barbares le grossier souci de rapetisser tout ce qui porte la marque d'une prédestination quelconque. La situation du peuple français n'est-elle pas, elle aussi, des plus tragiques au milieu d'une Europe et d'un monde à peine échappés à la sauvagerie primitive ? Pour ma part, et au mépris de l'ascendant maléfique exercé par la race juive sur tout le cours de mon existence, j'ai réussi à effacer de mon souvenir l'abjection qui s'attache à son nom depuis le Moyen-Age, pour ne me souvenir, avec Pascal dans les Pensées et Goethe dans le Divan, le W. Meister et les Mémoires, que de sa sagesse et de sa pureté natives. Les Juifs ont tenu la première place dans l'œuvre d'unification spirituelle du monde ancien. Pour des raisons qui sont d'un domaine très différent de celui de l'intelligence, il a fallu qu'ils répudiassent leur mission dans le temps même où elle recevait du Fils de David sa consécration finale. Mais la fidélité qu'ils ont conservée depuis les jours d'Hérode à l'unité du Dieu Universel leur vaudra sous peu la double récompense d'une participation fervente au grand œuvre chrétien d'unification religieuse, sociale et politique, et d'une situation morale éminente au sein de l'Empire Catholique, Apostolique et Romain futur.

VERSET 89.

« *Eve se trouvait donc placée à l'égard de l'homme Roi du monde dans la relation du beth à l'aleph, de la vision au voyant, de l'amour à l'être, de l'épouse à l'époux* ».

LA RELATION DU BETH A L'ALEPH.

Le Feu caché, chaleur de l'Eau primordiale du Rien (le moment est venu de dévoiler cette nouvelle figure de l'Œuvre), le feu caché projette sa lumière incorporelle dans cette Eau, à dessein de l'identifier à l'idée archétype de l' « extérieur » et d'amener la Loi à se transmuer en Amour. La lumière incorporelle se condense en espace-matière dans le point mathématique igné, dont la distance fictive de n'importe quelle étoile nous rappelle la primitive image. Ce point mathématique d'espace-matière igné est déjà virtuellement tout l'univers. De la puissance magique de ce point, seule l'énergie de l'atome peut nous donner une faible idée. Transmuée en lumière physique, l'émission première devient, par transformation en électricité, apparence d'une multiplicité de corps en mouvement dont les relations engendrent un concept d'espace-temps, le Corps total demeurant Vision spirituelle pure dans le Rien. Le sang, correspondance du mariage spirituel du Feu et de l'Eau, naît de l'émission première en même temps que la lumière physique. Il est d'abord Adam, loi de nécessité et feu. En Eve il se transmue en lumière et amour.

Seule, l'extase — réalité unique — nous permet de revivre toute l'opération dans l'instantanéité. L'extase est le Couronnement de la Foi. Pour ce qui est de cette dernière, il est évident qu'elle ne peut être obtenue que par le moyen de l'oraison. Attendre la foi pour prier, c'est mettre la charrue devant les bœufs. Notre chemin conduit du physique au spirituel : il convient en conséquence de commencer par le physique, c'est-à-dire par les paroles prescrites du *Pater*. L'enfant prie mécaniquement ; aussi est-il écrit : laissez venir à moi les petits enfants — (les hommes que ne rebute pas le ridicule de la prière mécanique). « Cependant, si par hasard quelqu'un entendait ? ne dirait-il pas : cet homme qui n'a pas la foi et qui prie. Quel hypocrite ! Et quel importun ! » Mais non, mais non. Rien ne nous enchante, au fort de l'amour, comme l'importunité. Et l'Eternité, qu'est-elle donc, sinon le premier instant sans fin d'un premier amour ?

VERSET 90.

« *Elle figurait la féminité de la manifestation dont Adam était la conscience, la connaissance et la prière. La conscience d'Eve était en Adam, la connaissance d'Eve était en Adam, la prière d'Eve était en Adam* ».

LA PRIÈRE D'ÈVE ÉTAIT EN ADAM.

Le culte asianique et égéen de la Déesse-Mère, le matriarcat universel et le sacerdoce féminin, quoique issus de la connaissance primitive et révélée de la féminité de la Manifestation vierge et procréatrice, n'ont point tardé, après la déchéance de l'humanité, à se transformer en une idolâtrie de la nature et de la fécondité, caractérisée par l'adultération de l'arcane conjugal. Cet arcane est devenu, chez les Thraco-Phrygiens, union incestueuse entre Nana (niania, nourrice en slavon), la terre, et son fils Attès (Atietz, père dans le même idiome), dieu de la végétation ; chez les Phéniciens, entre Astoret et Adonis, chez les Crétois, entre Dictynna et Astérios. Les Déesses-Mères, à l'époque même où leur culte s'adressait à la féminité de l'univers, représentaient déjà la tendance païenne à s'écarter du dogme fondamental de l'unité, leur fécondité se confondant avec la multiplicité. Chez les Juifs, au contraire, comme plus tard chez les chrétiens, la féminité demeure purement spirituelle et subordonnée, en dépit de l'Exaltation dont elle est l'instrument, à la Loi de l'Etre. Telle est la raison pour laquelle les femmes, aussi bien chez les Juifs que chez les chrétiens, n'ont jamais été admises au sacerdoce. Dans le système swedenborgien, l'homme est sagesse et la femme amour de cette sagesse. Adam est la loi, la femme est la bénédiction. C'est ce culte de l'unité inconcevable qui fait la grandeur et la puissance du judéo-christianisme.

VERSET 91.

« Eve était libre, à cause que sa conscience et sa connaissance et sa prière étaient en Adam, liberté de la beauté dans la relation primordiale, père de sa propre loi dans le jeu des rapports dynamiques ».

PÈRE DE SA PROPRE LOI.

La liberté de la femme, aussi bien que celle de l'homme, consiste dans la connaissance et la fidélité à la Loi. La créature ignorante des origines aura beau se proclamer souveraine de milliards de voies lactées, reine absolue de ses destinées, à tout jamais affranchie de la crainte de la mort, bref, se parer de toutes les vertus et s'arroger mille pouvoirs imaginaires ; elle n'échappera pas à l'obsession du mot effacé de sa mémoire. Etre libre, c'est avoir la force de reconnaître que plus on est grand, moins on s'appartient, et que l'on ne donne que parce qu'on a d'abord reçu. Etre libre, c'est se pénétrer profondément de l'idée que si les résultats médiocres sont bien l'œuvre de notre ingéniosité, les conquêtes vraiment grandes et durables ne sont jamais le fruit de notre pouvoir individuel. C'est à cause que les ouvrages du génie viennent de plus loin que l'homme que le vulgaire leur préférera toujours les qualités essentiellement personnelles qui font les talents. Pour que la femme soit libre, il suffit que l'homme ait connaissance du lien spirituel qui unit à Dieu la nature. Toute autre liberté de la femme conduit au dépeuplement des quelques très rares pays vraiment dignes de vivre et à l'adultération du principe conjugal, source de l'univers et fondation de l'Empire Catholique futur. La Loi transmuée en Amour donne la vie à la beauté de l'univers et à celle de la femme ; l'une et l'autre sont inséparables de la Bénédiction et de la Charité. Toutefois, la loi, la pure et terrible loi de l'être, de la nécessité et du sacrifice, la loi à laquelle s'adresse la prière du Mont des Oliviers et qui nous apparaît dans toute la majesté de sa rigueur, affirmation de l'affirmation, aussitôt que nous portons une main brutale sur le voile d'amour qui en tamise l'insupportable éclat, — la loi réclame de notre esprit la première place, et malheur à qui la lui refuse : se rebeller contre la loi, c'est perdre l'amour. Ouvre les Evangiles, médite certaines rebuffades du Maître : tu comprendras, après ce qui vient d'être dit, pourquoi tant de dures paroles ont été prononcées par la Loi derrière le voile de l'Amour.

Adam est père de sa propre loi, c'est-à-dire identique à sa nécessité, ou encore au premier mouvement, celui du sang né avec la lumière physique de la métamorphose de l'émission initiale. Autrement dit, Adam est la loi même selon laquelle la relation des mobiles engendre une apparence d'espace-temps-matière.

VERSET 92.

> « *Eve était libre, elle était pure de toute soumission envers l'homme, car l'homme et la femme étaient une seule chair, tout de même que le voyant et la vision étaient indivisible unité* ».

ÈVE ÉTAIT LIBRE.

Les filles d'Eve ont perdu cette belle liberté à l'instant précis où l'opération infernale du premier Roi transformait le monde spirituel de la vision en un univers de matière située en soi. Je ne condamne pas les aspirations modernes de la femme, et moins que toutes autres celles qui sont indissolublement liées aux revendications légitimes du prolétariat. Je m'étonne seulement qu'elles puissent avoir pour objet les ridicules et les vices qui rendent précisément si méprisable la condition actuelle de ce sexe fort dont on ne s'éloigne que pour l'imiter plus librement et par là confesser que l'ancien prestige du mâle n'a rien perdu de sa force. Je ne blâme d'ailleurs pas cette attitude ; elle m'apparaît parfaitement conforme à la loi. Je déplore simplement que cette dernière ait subi de la part de l'homme une si profonde altération. Ce n'est pas un renversement des rôles qui m'inquiète ; peu m'importe d'où souffle l'esprit. Mais le cœur se soulève de dégoût quand on voit la mascarade traîner ses oripeaux dans la boue et le sang du massacre. La parole est à la mère ; ainsi s'annonce la fin des parlements. Auprès de la féminité de la manifestation, que le « féminisme » est donc peu de chose. La parole est à la mère, — à la mère des hommes : aujourd'hui même, la maternité est virginale encore et spirituelle, car c'est l'homme aimé qui est le premier enfant. Si le sentiment de l'Amour Exalté ne se réveille pas dans le cœur de la femme, si elle ne nous aide pas à former un homme vraiment digne de son nom ancien de père de la loi, nous serons tous entraînés demain, inévitablement, dans la ronde de cannibales qui déjà se renoue autour de la médiocre planète. Que la nouvelle Reine se prépare à confirmer le code du nouveau Roi.

VERSET 93.

> « *Comme le cosmos lui-même, cette chair était lumière incorporelle de la beauté, de la vision. Fécondée par l'esprit saint comme le cosmos et comme la terre, comme eux elle enfanta, et ses enfants nés pour l'action se mouvaient bien au delà de l'action pour le rythme* ».

ELLE ENFANTA.

Dans son « Traité de la Réintégration des Etres », Martines de Pasqually, par ailleurs si bizarre et si confus, nous donne un tableau singulièrement émouvant des différentes phases de la matérialisation du monde. La doctrine du juif portugais renferme maint article de foi excellent, ce qui explique la patience dont le Philosophe Inconnu et quelques autres disciples ont fait preuve à son endroit. Mais les méthodes de Jehovah sont infiniment plus simples que celles de ses adorateurs. Si la compréhension de Dieu pouvait avoir des bornes, certaines de nos complications psychiques et mentales — sans même parler de notre espace infini et contenant — lui seraient sans doute inintelligibles. Tout le système divin est fondé sur la liberté. Hélas ! je doute que le libéralisme de Hiram et de l'Eglise apostolique elle-même puisse jamais, dans la société future, se donner à ce point carrière. Néanmoins, la sainteté de l'amour exige que les rigueurs de la loi soient proportionnées à une liberté si étendue. La révolte des anges nous montre que l'idée archétype de la résistance et du péché contre l'Esprit existait déjà dans le monde non manifesté à côté de celle d'un « extérieur », d'un rien. De sorte qu'il n'est guère possible de concevoir liberté égale en grandeur et perfection à celle de l'homme, sans s'égarer aussitôt dans des considérations, contraires à toute philosophie vraie, sur la perfection suprême d'un impossible non-être. Créé pour servir d'expression vivante à l'amour du voyant pour la vision et de la vision pour le voyant, spirituel dans son sang et sa chair, fils et époux d'une vierge, tel était Adam, Roi du monde. Sa progéniture était appelée à gouverner les trois règnes dans une parfaite communion d'essence et de langage, rien ne pouvant demeurer étranger à un être formé par le sang d'un livre écrit par la lumière. Le désir d'apprendre où est l'espace engendre celui de connaître ce qu'est l'amour. Mais le Sacre dévoilait aux Rois le mouvement de la lumière incorporelle : leur pensée était constatation et amour de ce mouvement où se trouvaient réunis affection et lieu. La perception de ce dernier enseignait à désirer un état qui ouvre à l'intelligence, au delà de la cime assignée à ses rencontres avec Metatron, le chemin de retour de l'extérieur vers l'intérieur resté fidèle, ces contraires ne désignant, cela va sans dire, que les deux aspects idéaux du lieu unique et seul situé. La lumière est à la fois séparée et inséparable du feu. L'émission est continue et cependant la lumière voyage : physique, elle parcourt en quatre-vingt-quatre milliards d'années la courbure de l'espace avant de retomber dans son foyer d'origine; spirituelle, elle décrit tout le cercle de l'évolution, et retourne à l'Empyrée de feu secret du Dante, au ciel dixième immobile. La course des deux lumières est inconcevable et néanmoins réelle ; elle embrasse dans tous ses points la sphère merveilleuse de la Vision, l'espace total, d'apparence matérielle, projeté dans le Rien. C'est par elle que s'explique la résurrection des morts : car après le Jugement dernier, la lumière spirituelle du sang et sa sœur la lumière physique, essence des corps, se fondent, par transmutation à rebours, en une seule lumière incorporelle, celle-là même qui a été répandue à l'instant de la création. Cette lumière restituée retourne au foyer divin avec tous les corps dont la lumière physique transformable en électricité était l'essence. Il convient, dans les considérations de cette nature, de prendre garde que l'amour et le désir intense de la foi en sont l'unique excuse ; la curiosité qui s'aventure seule dans ce dédale est condamnée d'avance ; le fil lui échappant des doigts, elle finit misérablement dans les ténèbres de la démence : car il faut qu'on le sache, la folie est le châtiment de la curiosité dépourvue de charité et de foi, de même qu'elle est la fin de la fornication sans amour — une des plus horribles formes de notre curiosité. La prévarication d'Adam n'a pas eu la seule conséquence de transformer, dans notre représentation, la sphère de la vision divine de lumière en un univers de matière situé dans ses propres ténèbres sans fin ; elle a encore obscurci la clarté spirituelle du soleil de la mémoire, identifiant de la sorte notre sang, assujetti aux passions, avec le feu physique, lui aussi pure matière située dans le faux espace infini : lorsque ce sang répugne à réabsorber, par le canal de la prière, la lumière spirituelle qui est sa véritable essence, il se voit condamné aux tourments sans fin de son propre feu mensongèrement physique et situé dans un faux espace déterminable par la seule multiplication sans fin. Ce feu abominable de la pseudo-liberté infernale subsiste, après la transmutation de retour, dans le monde d'avant et d'après la manifestation, comme idée archétype de la résistance, de la révolte et de la fausse liberté du matérialisme. Là-bas comme ici, le châtiment est de se trouver en Dieu et de ne le point savoir. Ce châtiment est éternel, car Dieu le mesure au minime effort qu'il nous demande : celui de prononcer, dans les commencements, entre quatre murs, quelques paroles prescrites qui, sous leur signification extérieure banale, renferment toute la sagesse et toute la charité de Dieu. La misérable fin de Frédéric Nietzsche devrait contribuer à nous mettre en garde contre les interprétations matérialistes d'une éternité, (« Car je t'aime, ô Eternité »), que le grand poète ne craignait point d'assimiler — par pure intuition d'ailleurs — à la rotation, mentionnée plus haut, de la lumière, mais de la seule lumière physique créatrice d'espace-temps et d'étendues-corps, rotation qu'il a appelée éternel retour, en souvenir, peut-être, de Vico et de Grosseteste.

Le monde, matériel en apparence, n'étant rien autre chose qu'une vision spirituelle du Divin, sa nature véritable est ce qu'en fait l'homme dans sa représentation. Antérieurement à la prévarication, les êtres et les choses se trouvaient dans leur situation relative d'aujourd'hui et revêtus d'un identique aspect. Mais ils étaient *purs* dans la pensée du Roi qui ne les situait pas encore dans leur matière. La Nature, conçue du Saint-Esprit dans la lumière incorporelle, sans germe et par transmutation, avait reçu pour loi fondamentale une procréation également spirituelle. Dans son acception supérieure, purement logique, le mot « naturel » ne peut s'appliquer qu'à l'Immaculée Conception de la Vierge et à la naissance de son divin Fils.

VERSET 94.

« Ce qui séparait Eve d'Adam comme ce qui s'interposait entre Adam et Dieu était le rien, car la parole d'Eve était en toute parole d'Adam, hormis en cette parole par laquelle Adam affirmait être en celui qui est et n'être séparé de lui que par le rien ».

LE RIEN.

Puisque nous approchons de la fin et que la « lumière incorporelle » joue un rôle prééminent dans les derniers versets, qu'il soit permis à l'auteur de jurer sur son honneur de serviteur du Roi Christ — le seul honneur qui compte à ses yeux, tous les autres étant fondés sur des traditions barbares où la force et le courage physiques tiennent la première place, — qu'il soit donc permis à l'auteur, vu la solennité exceptionnelle de l'occasion, de jurer sur son honneur de serviteur du Roi que l'apparition du soleil incorporel et la cérémonie de la Bénédiction et du Sacre, telles qu'elles ont été décrites dans le présent ouvrage et dans *Ars Magna,* ont eu lieu en toute vérité et réalité, au milieu d'un déploiement de splendeur indicible, en pleine méditation spirituelle, sans nul accompagnement de crainte ni même de surprise, mais au contraire dans un sentiment de confiance engendré par la prière silencieuse devant le miracle de la beauté naturelle et de l'immensité de l'univers ; que l'opération mystique a eu lieu à la date du quatorze décembre mil neuf cent quatorze, vers onze heures du soir ; que l'auteur, retenu par un respect religieux de frapper à une porte qui s'était ouverte d'une manière si parfaitement inopinée, n'a jamais revu, depuis cette nuit mémorable, aucune des choses qu'il regrette parfois d'avoir dévoilées, en vue de l'avenir, aux intelligences de cette époque de transition où Dieu a ordonné qu'il vécût et agît ; enfin, que ce phénomène spirituel exerce depuis bientôt treize ans une influence souveraine sur sa pensée, ainsi qu'en témoignent les ouvrages qu'il a publiés subséquemment.

Il est écrit, dans le verset qui nous occupe, que ce qui séparait Eve d'Adam, comme ce qui s'interposait entre Adam et Dieu était le Rien. Effectivement, Dieu étant l'infini spirituel, c'est-à-dire le seul infini intelligible, il n'existe pas d'extérieur à son égard, si bien qu'avant la manifestation, le monde idéal archétype avait pour contenant le concept fondamental d'un « intérieur » c'est-à-dire d'une unité indivisible que les habitants de ce monde, ancêtres spirituels du Peuple Elu, représentaient au moyen de la lettre aleph, par opposition au beth, qui figurait l'idée de l'extérieur, du négatif, du rien, de l'unité divisible en multiplicité non située. En tant qu'intérieur et nommé dans aleph, Dieu est la loi, c'est-à-dire l'être identique à sa nécessité, le feu inconcevable. Pour les hommes du monde archétype, il était le lieu, autrement dit l'immobilité dans laquelle s'accomplissait la métamorphose des états en états, métamorphose qui était l'idée type du mouvement, futur créateur de l'espace-temps-matière. Ces hommes purement spirituels vivaient dans le feu divin de l'illumination intérieure et de l'instantanéité. Etant donné que la réalité supérieure de toutes les choses présentes, passées et futures de notre univers matériel a pour lieu le monde archétype et la notion d'un « intérieur », il fallut de toute nécessité qu'une première faute préfigurative de celle d'Adam fût commise par les anges dans les concepts éternels de la résistance et de la liberté. Lors le Divin, en qui l'amour de la première humanité avait été subordonné à la loi, résolut, par un sacrifice initial type de tous les autres, d'exalter cet amour au-dessus de la loi. A cette fin, il eut recours au Beth, idée de l'extérieur, du rien. Dans cet extérieur, ce rien, Dieu, feu inconcevable, répandit sa lumière incorporelle comme plus tard Notre Seigneur a fait de son sang. La lumière incorporelle se transmua en un premier point mathématique d'espace-matière igné, d'où elle poursuivit sa route sous l'aspect d'une lumière physique transformable en électricité essence des corps. De cette lumière, le sang, singulièrement celui de l'homme, est la spirituelle perfection. Telle, du moins, était sa primitive nature en Adam, l'homme dont le cœur et le cerveau marquaient à l'unisson le passage du double courant de la vie physique et de la vie spirituelle, la première créatrice d'espace-temps-matière, la deuxième, siège de la mémoire totale des origines. La raison pour laquelle Eve fut tirée d'Adam est identique à celle qui détermina la projection de la lumière incorporelle dans l'idée d'un extérieur, d'un rien : il fallait que par dessus la loi gravée dans le cœur d'Adam fût exalté l'amour de l'homme pour l'épouse féminité de la manifestation. Adam, représentation de la loi, était le prêtre du temple de l'univers fondé sur le concept divin de l'extérieur, du négatif, du rien. Ce rien qui seul s'interposait entre Adam et Dieu, était également l'unique obstacle à un retour à l'unité du positif et du négatif, puisque la femme vivait en Adam dans l'idée de l'extérieur, du rien, tout de même que l'univers avait été créé dans un concept archétype du négatif.

Pour ce qui est de la partie coupable de la première humanité, elle demeura, après la manifestation, dans la notion d'un intérieur condamné, les anges de la fidélité restant seuls maîtres du Lieu réel de toutes choses, paradis de l'unité et de l'instantanéité. Cependant, l'exaltation de l'amour eut pour effet de subordonner ce paradis lui-même à l'idée de l' « extérieur », du négatif, du rien, où Dieu avait placé l'Epouse afin qu'elle l'adorât comme du dehors. Le Divin concentra le meilleur de sa dilection sur cet « extérieur », demeure de l'humanité d'Adam. La partie condamnée de l' « intérieur » tomba dans l'absolu de l'oubli. Son humanité angélique, victime d'une liberté fausse, fut abandonnée au suprême tourment de vivre en Dieu et de ne le point connaître, de participer au mystère du feu sacré et de ne percevoir que les ténèbres et le froid d'une solitude que la perfection de la pensée divine ne pouvait certes pas ne pas renfermer, mais dont il était réservé à la seule négation de mesurer l'indicible horreur. Lors donc qu'Adam prononçait le mot Rien, ce mot, dans la pensée d'Eve, ne pouvait signifier qu'un dédoublement de la chair unique en deux pôles, l'un positif, l'autre négatif. Le Rien qui s'interposait entre Adam et Dieu était étranger au domaine spirituel de la femme, car sa connaissance se trouvait en l'homme. Tout ceci ayant déjà été exposé à plusieurs reprises, nous nous contenterons de reproduire, sans le commenter, le

VERSET 95.

« A cause qu'Eve était par sa conscience et sa connaissance et sa prière en Adam ».

VERSET 96.

« Eve était en Adam et ce qui s'interposait entre Adam et Dieu était le rien ; ce seul et même rien séparait donc Eve de Dieu ; elle était en lui. Mais elle était aussi en Adam, et ce qui la séparait d'Adam c'était ce même rien dont elle n'avait aucun sujet de prononcer en Adam le nom sacré ».

LE NOM SACRÉ.

Le rien est le contenant de l'espace ; il est cela grâce à quoi l'espace, vision pure, n'est ni fini ni infini. Supprimons le rien, le négatif, l'extérieur : nous retournons instantanément non pas au Lieu paradisiaque et unique des anges de la fidélité, mais, bien au contraire, au concept de cette partie de l'intérieur que Dieu a assimilée aux idées types de résistance, de fausse liberté et d'oubli. Nous nions l'amour de Dieu pour le rienunivers et nous retombons dans les ténèbres du monde infernal. Autrement dit, en supprimant le rien qui seul nous permet de concevoir un univers-vision et d'échapper au dilemme absurde et sacrilège du fini et de l'infini (d'une matière aux limites inconcevables et d'une matière insaisissable dans son ensemble en éternelle expansion) — en supprimant, dis-je, le rien, nous avons bien l'illusion de situer l'univers dans sa matière même et de nous en proclamer rois absolus, mais en réalité, nous quittons la sphère illuminée de l'amour exalté dans l'idée divine d'un extérieur, pour retourner à ce cercle intérieur d'ignorance et d'oubli régi par la terrible loi qui est de nécessité pour Dieu et de liberté pour l'homme. Le sens troisième de notre doctrine sera dévoilé au lecteur par son expérience mystique personnelle, dont la source est dans les prières catholiques obligatoires. Il n'est en notre pouvoir que d'éclairer le chemin qui le doit conduire à la demeure où l'attend sa vie véritable. Nous nous bornerons à faire ressortir de ce qui précède l'enseignement très simple que voici. La perfection s'offre à celui qui recherche le Divin non pas dans l'union directe *intérieure* et l'espoir de la grâce prématurée, mais dans sa manifestation *extérieure*, c'est-à-dire dans la beauté et la charité. Il est criminel de séparer de cette dernière le « sens esthétique ». La plus misérable des créatures humaines est plus belle que la lumière d'un milliard de voies lactées — pour ne rien dire de nos minuscules montagnes et océans terrestres.

VERSET 97.

« *Toute la prééminence d'Adam sur Eve résidait donc dans ce droit spirituel et secret de prononcer et pour soi et pour Eve le nom sacré du rien, qui n'est qu'un nom, car le vide et le plein, le temps et le mouvement en sont bannis* ».

POUR SOI ET POUR ÈVE.

Adam était la totale conscience de la relation du beth à l'aleph, de la vision au voyant, de l'épouse à l'époux, de l'amour à la loi. Il avait reçu son corps de la matière cosmique : c'est *en lui* que l'extérieur, le rien, était situé par rapport à Dieu qui, dans l'exaltation de l'amour, avait condamné une partie de l'intérieur et créé l'homme moral à l'image de son sacrifice et de sa charité. Adam seul, grâce à la mémoire intégrale des origines et à la connaissance du rituel de réciprocité, avait donc le droit de prononcer le nom sacré du rien. Pour Eve, liée à Adam par un rapport secondaire de mobile à mobile, le Rien était un concept qui la séparait non pas de Dieu, mais de son époux qui ne formait avec elle qu'une seule chair. Voilà pourquoi il est dit dans le

VERSET 98.

« *Et ce privilège mystique était conforme à la situation du rapport dynamique à l'égard de la relation primordiale de la vision au voyant* ».

VERSET 99.

« *Eve, féminité de la manifestation, préfigure de la nature physique, mais parfaitement libre en Adam et située à l'égard de l'époux dans un rapport dynamique dont il était le géniteur, Eve était incluse en Adam, conscience de la relation primordiale, comme le rapport dynamique se trouve inclus dans cette relation elle-même* ».

PRÉFIGURE DE LA NATURE PHYSIQUE.

Il a déjà été expliqué par quelle voie l'univers primitif purement spirituel s'est métamorphosé dans la pensée humaine, à l'instant de la prévarication, en un univers de matière, en une nature physique. Eve n'était libre en Adam que par la raison précisément que, préfigure de la nature physique pour l'indépendance entière de ses mouvements, elle n'était nullement astreinte à cette transmutation possible mais non prédéterminée. Dieu veut la femme, aussi bien que l'homme, libre dans le miracle de l'oraison et de l'amour spirituel. Mais pour qu'il y ait liberté, ne faut-il pas que le choix nous soit laissé entre les archétypes du vrai et du faux ? L'homme ne doute de sa liberté que parce qu'il ignore l'étendue immense du pouvoir de l'amour.

VERSET 100.

« *Eve était en Adam, confondue avec sa conscience, avec sa connaissance, avec sa prière : Adam prononçait le mot rien pour lui-même et pour Eve, mais lorsqu'il disait moi, il ne pensait qu'à Eve* ».

MOI.

La loi s'était transmuée en amour par la séparation du positif et du négatif, par le dédoublement de l'homme primitif en un époux et une épouse. Cette opération est la correspondance de la transmutation initiale d'une prééminence de l'intérieur en une prééminence de l'extérieur. C'est elle qui a permis à Adam de sortir de son Moi. La troisième phase du mystère sacrificatoire a été l'abandon par Notre Seigneur le nouvel Adam de son essence céleste et de sa sainteté humaine, c'est-à-dire son identification absolue avec l'humanité coupable. Cette troisième phase ne deviendra accessible à notre intelligence que lorsque nous lui aurons payé tout le tribut prescrit de larmes. Le moi d'Adam se trouvait donc en Eve, et c'est parce que l'épouse était le moi véritable de l'époux qu'il fallait que la tentation parlât par sa bouche : car Eve était la préfigure de cette nature physique sur laquelle l'orgueil d'Adam chercha à étendre la domination de sa fausse liberté. Identique à l'univers spirituel, à la vision de Dieu, l'homme voulut devenir un univers physique situé non plus dans le Rien, dans la lumière de la vision, mais en sa propre matière, c'est-à-dire dans le dilemme du fini incompréhensible et de l'infini insaisissable.

VERSET 101.

« Car dans le plan de la relation primordiale, il n'avait pas de moi ; mais il avait un moi dans le monde des rapports dynamiques ».

MOI.

Sur le plan de la relation primordiale, le moi d'Adam s'identifiait avec l'amour de la création pour le créateur, du beth pour l'aleph, de l'épouse pour l'époux, de l'amour pour la loi, du négatif pour le positif, de la vision pour le voyant. Ce moi n'appartenait donc à Adam que dans le monde des rapports dynamiques. La pensée de l'homme, constatation et amour du mouvement, situait ce mouvement par rapport au mouvement de la femme. Vouloir connaître le moi, c'est chercher le lieu, car, dans la sphère du phénoménisme, tout se laisse ramener au besoin fondamental de situer êtres et choses. Pour Adam, Eve était le lieu, conformément à la subordination de toutes choses à l'archétype de l'extérieur.

VERSET 102.

« Or, il advint qu'un jour Adam entendit en son moi Eve qui l'interrogeait : « Adam, être de

mon amour, n'est-il pas vrai que ce qui me sépare de toi est le rien ? »

EN SON MOI.

Eve, figure d'une nature physique possible mais non prédéterminée, prête ici sa voix au souvenir que l'époux avait gardé dans sa mémoire parfaite de la rébellion d'une partie de l'humanité idéale. Les anges déchus avaient tenté de s'identifier avec le feu divin inconcevable qui était leur demeure mais dont ils se savaient néanmoins séparés par la notion d'un rien, d'un extérieur, c'est-à-dire l'idée suprême d'un sacrifice en qui résidait, avant comme après la manifestation, le mystère insondable de la divinité. La liberté absolue de l'homme devenu conscience de l'univers créé par le Sacrifice dans ce rien, cet extérieur, exigeait qu'une possibilité s'offrît à son intelligence et à sa volonté de vaincre la tentation qui lui montrait dans une nature physique, c'est-à-dire dans un univers de matière situé en soi, un chemin vers la possession scientifique absolue de cet univers. La question : « N'est-il pas vrai que ce qui me sépare de toi est le rien ? » renferme déjà, sous une allusion à l'unité, (« Vous ne serez qu'une seule chair »), l'affirmation infernale de l'existence d'un corps extérieur et *réel*. Le Rien dont Eve prononce ici le nom est encore celui qui la sépare d'Adam et dont la notion lui est ouverte. Mais déjà le Rien destiné à *unir* l'homme à Dieu dans la soumission à l'inconcevable, tend à se métamorphoser en un Rien qui le *sépare* de la Divinité en lui suggérant l'effort d'intellection prohibé qui substituera au concept de l'univers-vision une idolâtrie de la matière en soi. L'instantanéité de la vision dont le lieu dépassait le dilemne du fini et de l'infini se change en espace-temps, en infini-éternité, car l'infini d'espace et l'éternité de temps accompagnent nécessairement, sous la forme d'une addition, d'une multiplication et d'une extension sans répit, l'œuvre infernal de la matérialisation.

VERSET 103.

« *Ce mot rien résonnait doucement et étrangement dans la bouche de l'épouse. Adam tomba dans une profonde méditation* ».

MÉDITATION.

Pour la première fois, le mot Rien résonnait à l'oreille d'Adam : il ne lui venait pas de sa pensée, mais du dehors. Le Rien qui le séparait d'Eve lui apparaissait maintenant mesurable et tangible ; il revêtait de soudaine réalité le rapport de mobile à mobile créateur d'un espace-temps que l'intelligence n'avait jusqu'alors considéré que comme la pure apparence d' « intérieur » d'un univers-vision placé dans le Rien. Eve vient de matérialiser l'amour.

VERSET 104.

« *Il ne ferma pas les yeux. Il interrogeait l'espace, l'incorporelle lumière de la beauté. La vision était là. Il interrogeait l'espace, l'incorporelle lumière de la beauté. La vision était là. Adam leva la tête : un aigle volait vers le soleil. L'espace était là. Deux nuages légers glissaient lentement comme pour se fondre en un seul ; il y avait comme une impatience en Adam ; les nuages glissaient lentement dans le temps. Et sous les pieds d'Adam, les pierres étaient chaudes du merveilleux midi* ».

IL NE FERMA PAS LES YEUX, IL INTERROGEAIT L'ESPACE.

Cet espace est encore la simple relation dynamique qui permet à l'homme de déterminer sa situation au milieu des êtres et des choses, d'assigner à son mouvement un lieu circonscrit par les mouvements extérieurs. Adam, dont la mémoire des origines commence à s'obscurcir dans le combat de la sagesse et de l'orgueil, hésite encore à transmuer dans sa pensée cet espace ni fini ni infini, cette pure lumière de vision, en un univers de matière dont la limite sera aussi inconcevable que l'éternelle extension. C'est là la raison des répétitions par lesquelles s'ouvre le verset. Au bord de l'abîme cosmique d'éternité et d'infini que la démence ouvre devant ses pas, Adam hésite. Malheureusement, Ève, la nature physique, est là, avec sur ses lèvres le frémissement du mot soufflé par les anges déchus, les ennemis de ce Rien incompréhensible où devait s'accomplir le Sacrifice initial. Ce mot, elle l'entend dans le sifflement de la créature dont le corps se confond avec la terre, dont le regard semble sortir du sable, dont la soudaine immobilité de pierre est comme l'empreinte du Rien impénétrable, source de toutes les curiosités sacrilèges et de tous les maux qui en résultent. A compter de cet instant, toute l'histoire de l'humanité sera un incessant combat entre l'idée d'une matière infinie et éternelle (1) et celle du Rien qui, d'une notion sainte et logique, s'est transmué en une déification de l'homme, laquelle engendrera bientôt à son tour un désir lâche et irréalisable d'anéantissement physique et spirituel. (Pour échapper au dilemme du fini et de l'infini, l'homme, au lieu de prier, appellera le Néant). Adam lève la tête — l'héroïque affirmation va sortir de sa bouche — non, un aigle s'envole vers le soleil. L'espace est là, dans toute sa magnifique et brutale réalité. Cela, une simple vision de Dieu, un monde d'amour tiré du Rien et suspendu dans une pure idée d'extérieur, c'est-à-dire dans un Rien ? N'est-ce pas plutôt Dieu qui est un rêve ? Ce Sacre nocturne, ce soleil incorporel doué d'une intelligence et d'une volonté d'Archange, cette nuée d'or chargée de royales bénédictions, toutes ces choses d'un

Doctrine dont la philosophie d'Averrhoès est l'abrégé.

instant valent-elles la réalité mesurable, tangible, pondérable qui m'environne, me baigne, m'aspire et reconnaît en moi sa suprême conscience ? Avait-elle, la nuée aperçue dans un songe pareil à tous les songes, l'éclat aveuglant de ces nuages dont mon regard, mon souffle, mon cœur mesure la course ? Quand donc se fondront-ils en une seule vapeur ? — jamais mon corps ne s'est senti si libre, si puissant. Je suis le palais de pierre du temps, tout brûlant d'un merveilleux midi.

VERSET 105.

« Eve répéta son interrogation ; c'était bien la même et cependant ce n'était pas tout à fait la même : « Adam, être de mon amour, n'est-il pas vrai que le seul rien te sépare de Dieu ? »

LE SEUL RIEN TE SÉPARE DE DIEU.

Le rien de la soumission et de la sagesse est cet archétype divin d'un extérieur, d'un négatif dans lequel la loi se transmue en amour et le monde-pensée en univers-vision. Le Rien de la soumission et de la sagesse est le lieu spirituel de la bénédiction du créateur par la créature. Le Rien de la démence et de l'orgueil est celui-là que les Légions déchues ont cherché vainement à soumettre à la raison et dont elles se servent comme d'un appât pour inciter le Juste à s'identifier à Dieu dans une domination intellectuelle absolue qui tend par voie d'extension sans fin à embrasser un univers dont la matière même est le lieu.

VERSET 106.

« *L'espace était là, incorporelle lumière de la beauté, de la vision de l'univers non situé. L'espace était là, et Adam dont le Moi ne voulait plus connaître ce rien qui le séparait de Dieu, Adam pensait à l'univers total et murmurait : Où est l'espace ?*

LE RIEN.

Le Grand Rituel de Réciprocité est un code parfait de la liberté humaine. L'amour fait des affranchis au regard desquels les anarchistes politiques prennent figure piteuse d'esclaves. Giovanni dei Gioachini, Francesco di Bernardone, Pape Fra Pietro, hommes libres, vous êtes les génies de l'Eglise apostolique future. Moi qui me flatte quelquefois d'avoir rompu mainte entrave, je me sens auprès de vous un faible qui prononce encore le saint nom de la liberté avec colère. J'ai vu cela que nulle imagination de ce siècle naïf et brutal n'oserait rêver, et cependant je ne puis me déterminer à quitter ma solitude et à élever la voix parmi les hommes. Je sais bien que telle est la volonté de celui qui m'a fait ce que je suis ; mais la maîtrise véritable s'accommode moins aisément des limites assignées par Dieu lui-même à l'amour. Libre, j'eusse accepté du respect des hommes ce qui m'était dû : je finis par m'apparaître tout petit à force de mépriser des âmes trop ostensiblement médiocres et qui, sans le savoir peut-être, demandent à s'élever. La charité, source inépuisable de la liberté, ne se contente pas de donner ; elle se résigne aussi à recevoir ce qui est indispensable à son action, sans considérer de trop près les mains qui se tendent vers elle. Il ne se passe point de jour que je n'aie quelque occasion de mesurer la distance que le péché originel a jetée entre moi et ma condition primitive. On frémit en évoquant le plus abominable des forfaits. Quoi de plus aisé que de concevoir les mobiles qui ont pu armer la main d'un parricide, d'un traître ou d'un jaloux ? Mais comment expliquer, si ce n'est par le miracle d'une absolue liberté et d'une divine confiance préparée au suprême sacrifice, le crime d'une créature éclairée de toute la sagesse des soleils et du sang et néanmoins assez perverse pour préférer à la vérité d'une connaissance révélée l'illusion d'une science acquise, et au concept d'un Rien sacré qui réunit affection et lieu, la notion fausse d'un néant qui l'incite à se proclamer pour un jour souveraine d'une parcelle de matière condamnée à une lente corruption dans les ténèbres sans commencement ni fin de la mort ?

VERSET 107.

« *Alors, ô mon fils royal, ô Hiram, aux confins de cet espace que l'ancien Roi étendait par delà toute idée de limite afin de le situer en lui-même, dans le récipient d'un vide, le rien se mua tout à coup dans l'esprit de l'homme en cet infini de ténèbres qui est la cécité d'Adam* ».

***

PRIÈRE DE L'AUTEUR.

Le Rien, unique contenant intelligible d'un univers libre et pur comme la pensée de Dieu, supérieur à toute notion de fini et d'infini, le Rien a été répudié par l'homme. Le soleil de la mémoire des origines s'éteint avec l'astre physique épouvanté par le spectacle de la crucifixion. La conscience adamique de la relation primordiale s'obscurcit. L'esprit humain est chassé de la lumière paradisiaque dont la transmutation s'effectue dans la sainte, sainte idée d'un extérieur, région lucide de l'exaltation, du sacrifice, de la charité, de la liberté; de la liberté, bénie soit-elle. Le Roi murmure : Où est l'espace? et sa cécité lui répond : L'espace est en moi, dans mes ténèbres sans commencement ni fin. Alors les nombres de la connaissance, de la beauté et de la paix, le Un céleste, merveilleux, merveilleux, hosanna in excelsis; le Deux spirituel qui se transmue en lumière et sang, in unitate Spiritus Sancti; le Trois, Maître du grand rituel de réciprocité, per omnia secula seculorum; tous les grands et miséricordieux Nombres, jusqu'au Dix du retour du fils prodigue à la Maison du Père, Amen; les Nombres de la sagesse de l'Amour, un à un, ceignent l'épée de la Loi et rentrent dans le soleil des soleils, où les attendent les indestructibles Trônes. Le pitoyable Roi du Monde pose sa dextre sur la tête de son épouse, en signe de dure domination sur la nature corporelle. Dans la senestre, il élève l'universelle Pomme, fruit de l'arbre de la connaissance du bien et du mal, emblème de la misérable royauté qui se nourrit de terre et oublie que le temps en fait sa pâture. Dans ce globe impérial, le Seigneur, un jour, viendra planter la Croix. A la place des Nombres sacrés surgissent dans la pensée d'Adam les signes infernaux et corporels de la Division et de la Multiplication sans fin. C'est dans le Seigneur, c'est dans sa paix, que je veux dormir et reposer.

IMPRIMERIE
DOURIEZ-BATAILLE
140, RUE NATIONALE, 140
LILLE

www.ingramcontent.com/pod-product-compliance
Ingram Content Group UK Ltd.
Pitfield, Milton Keynes, MK11 3LW, UK
UKHW021106290826
14628UKWH00014B/852

9 782329 044682